Die drei ???®

Die drei ???®

Im Schatten des Giganten

erzählt von Kari Erlhoff

Kosmos

Umschlagillustration von Silvia Christoph, Berlin
Umschlaggestaltung von eStudio Calamar, Girona, auf der Grundlage der Gestaltung von Aiga Rasch (9. Juli 1941 – 24. Dezember 2009)

Unser gesamtes lieferbares Programm und viele weitere Informationen zu unseren Büchern, Spielen, Experimentierkästen, DVDs, Autoren und Aktivitäten finden Sie unter **kosmos.de**

MIX
Papier aus verantwortungsvollen Quellen
FSC® C014138
www.fsc.org

Gedruckt auf chlorfrei gebleichtem Papier

Based on characters by Robert Arthur.

ISBN 978-3-440-12694-3
Redaktion: Anja Herre, Martina Zierold
Lektorat: Michael Kühlen
Produktion: DOPPELPUNKT, Stuttgart
Printed in the Czech Republic/Imprimé en République tchèque

Die drei ???®

Im Schatten des Giganten

Zwischen Himmel und Erde

»Das schafft der doch nie!« Bob Andrews hob eine Hand, um seine Augen zu beschirmen. Er starrte an dem Felsmassiv hinauf, das senkrecht vor ihm in den Himmel ragte. Ein Mann hing mehrere hundert Meter über dem Boden an einem Seil. Dass etwas nicht stimmte, konnte man auf den ersten Blick erkennen: Das linke Bein des Mannes war unnatürlich verdreht, ein Arm ruderte hilflos in der Luft. Bei jeder Bewegung des Seils lösten sich Steine aus der Felswand und prasselten herab. Immer wieder rief der Mann etwas, doch die Worte kamen nur verzerrt im Tal an: »Hilf … so … helft …«
Schließlich gingen die Rufe komplett im Dröhnen und Knattern des Rettungshubschraubers unter. Wie ein rot-weißes Insekt schwebte er über dem Berg. Ein Helfer stieg mitten im Flug aus und ließ sich an einem Seil aus der Pilotenkanzel herab. Als seine Füße den flachen Berggipfel berührten, klinkte er sich aus. Ein zweiter Helfer folgte. Dann an einem Gurt eine Trage. Sie schwang in der Luft hin und her.
Bob massierte sich den Nacken, der vom langen Hinaufstarren bereits wehtat. »Wie wollen die den Bergsteiger denn da reinbekommen? Der kann doch niemals allein in die Trage klettern. Dazu hat er sich viel zu sehr in seinem Seil verheddert.«
Eine erneute Kaskade aus losem Geröll prasselte an der Steilwand hinab.
»Das war knapp!«, sagte Peter Shaw unbehaglich. Er stand zusammen mit Justus Jonas neben Bob. »Sehr knapp!«
»Keine Sorge, Jeanne und ihr Team werden ihn retten. Die machen so etwas jeden Tag.« Bobs Vater gesellte sich zu den Jungen. Obwohl Mr Andrews sich offensichtlich Mühe gab,

zuversichtlich zu klingen, schwangen Zweifel in seiner Stimme mit. Er hatte seine Fotoausrüstung dabei und schraubte gerade ein Teleobjektiv auf die Kamera. Als Journalist für eine große Tageszeitung in Los Angeles konnte er das Fotografieren normalerweise einem Profi überlassen. Dennoch hatte Mr Andrews meistens eine Ausrüstung mit verschiedenen Objektiven und einem Stativ dabei. Für den Fall, dass er unvermutet auf eine spannende Geschichte stieß. So wie jetzt.

»Siehst du was?«, fragte Bob seinen Vater.

Mr Andrews spähte durch die Linse. Seine rechte Hand drehte am Objektiv. »Moment.«

»Und?« Peter trat ungeduldig von einem Fuß auf den anderen. »Können Sie überhaupt etwas erkennen?«

»Bei 500 Millimeter Brennweite bestimmt«, stellte Bob fest.

»Er hat eine Wunde am Kopf«, berichtete Mr Andrews. »Und sein Bein ist definitiv gebrochen.«

»Und sonst?«

»Sieht aus, als würde er aus seinem Sicherheitsgurt rutschen.«

»Kann das denn passieren?« Bob unterdrückte den Wunsch, seinem Vater den Fotoapparat abzunehmen und selbst durch die Linse zu spähen.

»Hoffentlich nicht!« Mr Andrews drehte erneut an dem Objektiv. Dann schoss er ein paar Fotos.

»Mit dem Hubschrauber können die unmöglich noch dichter an die Steilwand heranfliegen.« Justus, der ungewöhnlich lange geschwiegen hatte, verfolgte die Rettungsaktion mit ernstem Blick. »Die Rotorblätter könnten an Felsvorsprünge stoßen und dann würde der Helikopter abstürzen.«

»Jeanne weiß schon, was sie macht!« Mr Andrews schoss ein weiteres Foto. Inzwischen kletterte einer der Helfer an einem Seil über die Felskante. Meter für Meter ließ er sich zu dem verzweifelten Bergsteiger hinab.

»Die Leute von YOSAR und Helitack machen ihre Arbeit wirklich gut«, bemerkte Justus.
»Wer?« Peter zwang sich, seine Aufmerksamkeit von dem Bergsteiger zu lösen. Der Rettungshelfer hatte den Mann noch immer nicht erreicht. Und jetzt löste sich auch schon die nächste Steinlawine. Ein großer Brocken verfehlte den Bergsteiger nur um Haaresbreite. Er konnte jeden Moment abstürzen. Und das wollte der Zweite Detektiv nicht mit ansehen. Erstaunt bemerkte er, wie schwer es war, sich wegzudrehen. So, als würde die Katastrophe, die sich über ihnen abspielte, den Blick magnetisch anziehen.
»Die YOSARs und die Helitacks«, wiederholte Justus. »Das hat uns Bobs Vater heute Morgen doch schon alles erklärt.«
»Da war ich noch zu müde von der langen Autofahrt«, entgegnete Peter.
Die drei ??? und Mr Andrews waren in der Nacht in San Francisco gestartet und mit dem Auto bis zum Yosemite National Park gefahren. Mr Andrews war zu einer Pressekonferenz in der Nähe eingeladen worden und wollte seinen Aufenthalt im Nationalpark mit einem Kurzurlaub verbinden. Außerdem überlegte er, eine Reportage über die Rettungseinsätze im Yosemite Valley zu schreiben. Da in diesem Herbst die Feiertage günstig lagen, konnten Bob und seine beiden Freunde für ein verlängertes Wochenende mitkommen. Sie mussten erst in der Nacht zum Dienstag, nach dem Columbus Day, wieder zurück nach Rocky Beach. Mr Andrews war einverstanden gewesen, die Jungen mitzunehmen – wenn auch nur unter der Bedingung, dass die drei ??? dieses Mal wirklich Urlaub machten und sich von Kriminalfällen aller Art fernhielten.
Über einen Fall waren die Jungen in der kurzen Zeit noch nicht gestolpert. Dafür hatte es bereits zwei Stunden nach ihrer Ankunft den ersten Notruf gegeben und so standen sie

alle am Fuß vom El Capitan, dem gigantischen Felsblock, der wie ein scharfkantiger Fremdkörper aus dem grünen Tal herausragte.

»YOSAR ist die Abkürzung für ›Yosemite Search and Rescue‹ – den Such- und Rettungsdienst des Parks«, erklärte Justus. »Sie kümmern sich um Verletze, suchen vermisste Wanderer oder bergen verunglückte Kletterer – so wie jetzt.«

»Sag das doch gleich. Und wer sind diese Helileute?«

»Das Helitack-Team macht die Hubschraubereinsätze und arbeitet mit YOSAR zusammen.«

Der Zweite Detektiv sah sich um. Mittlerweile hatten sich viele Schaulustige angesammelt, darunter auch zahlreiche Pfadfinder.

Einige von ihnen hatten sich auf die großen Steine am Ufer des Merced River gesetzt. Der Fluss wand sich wie eine Schlange durch das Tal. Das Wasser war von einem merkwürdigen Türkisgrün und so glasklar, das man die Steine auf dem Grund sehen konnte. Links und rechts vom Fluss lagen Wiesen und Waldstreifen und dahinter steil aufragende Klippen. Es war die perfekte Urlaubskulisse. Nur das Knattern des Hubschraubers störte die Idylle – eine trügerische Idylle, wie sich zeigte: Ein erschrockenes Raunen ging durch die Zuschauermenge. Oben an der Steilwand war der Bergsteiger arg ins Schwanken geraten. Er hing nun mit dem Kopf nach unten. Sein Schutzhelm löste sich. Wie ein kleiner, flacher Stein stürzte der Helm in die Tiefe und prallte im Fall immer wieder an Felsvorsprüngen ab.

Nun war der Bergsteiger dem Geröllregen schutzlos ausgeliefert. Der Retter versuchte, ihn zu erreichen, musste dabei aber aufpassen, nicht selbst von den Steinen getroffen zu werden, die nun immer zahlreicher zu Tal stürzten. Ein Felsbrocken von der Größe eines Schafs schlug krachend auf dem Geröllfeld am Fuß des Berges auf. Steinsplitter schossen in alle Richtungen. Graubrauner Staub wirbelte auf.

»Geht ein Stück zurück!«, rief Mr Andrews. »Nicht, dass ihr getroffen werdet.«

Bob hustete. Er hatte Staub in die Augen bekommen. Bei seinen Kontaktlinsen war das ein echtes Problem. Innerhalb von Sekunden verschwamm das Bild vor seinen Augen. Eilig wischte sich der dritte Detektiv die Hände an der Hose ab. Dann tastete er nach der rechten Linse. Er musste vorsichtig sein, um den Dreck nicht tiefer ins Auge zu wischen.

»Verdammt!«, rief Peter neben ihm.

Der dritte Detektiv sah erschrocken auf. Aber er konnte nichts erkennen. Vom El Capitan war nur noch ein grauer Nebel zu erkennen. Etwas Dunkles bewegte sich davor.

»Vorsicht!«, brüllte jemand.

»Bob!«

Im selben Augenblick hörte Bob, wie etwas Schweres neben ihm aufprallte.

Das Tal der Unfälle

»Bob!« Die Stimme kam von Peter.
»Ist alles okay?« Das war Justus.
Jemand packte ihn bei den Schultern. »Um Himmels willen!« Das war sein Vater.
Bob keuchte. Die Luft war staubig. Seine Augen brannten. Er konnte noch immer nichts sehen.
»Das war knapp.« Die Stimme von Mr Andrews zitterte.
»Ich dachte schon, der Felsen erschlägt dich«, sagte Peter. Seine Stimme zitterte ebenfalls.
»Was ist passiert?«
Doch niemand antwortete ihm. Ein erneuter Aufschrei ging durch die Menge.
»Ich sehe nichts!«, rief Bob in Panik. »Kann mir mal bitte jemand sagen, was passiert?«
»Noch mehr Steinschlag«, erklärte Justus. »Der Bergsteiger wurde von einem Felsen getroffen. Er bewegt sich nicht mehr.« Peter schluckte. »Ich hoffe, er ist nicht …«
»Jetzt haben sie ihn!«
»Sie legen ihn in die Trage.«
»Und?«, hakte Bob nach. Er hatte eine Kontaktlinse entfernt und blinzelte.
»Der Hubschrauber wird die Trage zur Krankenstation fliegen.«
»Falls es nicht zu spät ist!«
Der Helikopter knatterte über ihren Köpfen. Dann wurde das Rotorengeräusch langsam leiser.
Bob hatte beide Kontaktlinsen erwischt und verstaute sie in dem kleinen Gefäß, das er immer dabeihatte. Dann setzte er seine Brille auf. Seine Augen brannten noch immer. Aber jetzt

konnte er den Hubschrauber sehen, der über den Wipfeln der Bäume davonschwirrte.
»Ich hoffe, der Mann überlebt!«, sagte er betroffen.
Peter stimmte ihm zu. Dann kickte er einen der Steine weg, die sich von der Felswand gelöst hatten. »Wenn ich so darüber nachdenke, weiß ich gar nicht, ob wir hier wirklich eine Klettertour machen sollten.«
»Das frage ich mich auch gerade.«
»Eigentlich habe ich mich total darauf gefreut, auf den Half Dome oder den El Capitan zu steigen, aber wenn das so gefährlich ist, mache ich lieber eine Kanutour mit oder miete mir ein Mountainbike.«
Bob nickte. »Ich kann auf Abenteuer gut verzichten. Vielleicht werde ich die Woche nutzen, um endlich mal wieder was zu lesen. Wir haben ja seit Ewigkeiten keine richtigen Ferien mehr gehabt.«
»Also, wenn man ins Valley kommt, um zu lesen, hat man definitiv eine Schraube locker. Vielleicht auch zwei!« Ein hochgewachsener Junge war neben Mr Andrews getreten. Er war ein bis zwei Jahre älter als die drei ???, hatte ein stark gebräuntes Gesicht mit Sommersprossen und widerspenstige Haare, die ihm wirr vom Kopf abstanden. Er grinste. Dann wandte er sich an Bobs Vater. »Bill, nett, Sie mal wieder zu sehen!«
»Du erinnerst dich noch an mich?«
»Klar! Sie sind doch der Mann von der Los Angeles Post.«
Die drei ??? sahen Bobs Vater fragend an. Der lächelte. »Das ist Randy Chase, Jeannes Sohn. Ich habe ihn kennengelernt, als ich im Sommer eine Geschichte über die Waldbrände gemacht habe. Wenn ich nicht gerade Jeanne bei ihren Einsätzen begleitet habe, war Randy so nett, den Fremdenführer zu spielen.«

»Jederzeit gerne wieder«, entgegnete der Junge mit einer angedeuteten Verbeugung.

»Ist das wirklich deine Mutter, die den Helikopter fliegt?«, wollte Peter wissen, nachdem er Randy begrüßt hatte.

»Ich denke schon. Es sei denn, meine Geburtsurkunde lügt«, gab Randy amüsiert zurück.

»Ich wünschte, meine Mutter hätte so einen spannenden Job.« Peter sah hinauf zu dem Rettungshubschrauber.

»Ihre Arbeit ist toll, aber auch anstrengend«, gab Randy zurück. »Mom ist ständig im Dienst. Besonders in den Sommermonaten ist hier die Hölle los.«

Die drei ??? erfuhren von Randy, dass seine Mutter als Pilotin für die Feuerwehr arbeitete und im Westen des Parks beim Helitack-Team stationiert war, dass Randy und Jeanne in einer Hütte im Yosemite Village wohnten, dass er in San Francisco auf ein Internat gegangen war und in diesem Jahr seinen Highschool-Abschluss gemacht hatte. Nun wollte er fest ins Valley ziehen, um dort als Helfer für die Feuerwache zu arbeiten. Bis er damit anfangen konnte, verdiente er sich Geld mit Gelegenheitsjobs im Village.

»Und wo lebt dein Vater?«, fragte Peter.

»Dad ist vor ein paar Jahren bei so einem Einsatz ums Leben gekommen. Er war einer von den YOSARs.« Das Grinsen war ganz plötzlich von Randys Gesicht verschwunden. »Das Yosemite Valley sieht aus wie die Landschaft aus einem Märchenfilm. Darüber vergisst man nur zu gern, wie gefährlich die Berge, Flüsse und Wasserfälle sind. Ihr solltet nie den Fehler machen und die Natur unterschätzen.«

»Passiert denn wirklich so viel?« Bob dachte an den Bergsteiger, der vermutlich gerade in der Krankenstation angekommen war.

»Nicht jeder hat das Glück, erfahrene Rettungskräfte in der

Nähe zu haben.« Randy machte ein finsteres Gesicht. »Erst letzte Woche hat es ein Bergsteiger nicht geschafft. Er stürzte ab, bevor der Hubschrauber kam. Ein paar hundert Meter von hier haben sie ihn gefunden. Da drüben, an dem Geröllhang. Natürlich konnte er nur noch tot geborgen werden.«

»Unheimlich«, meinte Peter.

»Man gewöhnt sich merkwürdigerweise daran. Pro Jahr kommen über drei Millionen Besucher hierher. Sie rennen durchs Valley, als wäre es ein Vergnügungspark, baden in abgesperrten Flussabschnitten, steigen in Badelatschen die Berge hoch oder gehen ohne Plan und genügend Wasser auf Wanderungen. Wenn alles gut geht, werden sie von den Rangern oder von den Rettungskräften aufgesammelt.«

»Das habe ich gelesen«, bestätigte Justus. »Gemessen an der Menge der Besucher ist die Zahl an Todesfällen allerdings gering.«

»Weil Mom und ihr Team rund um die Uhr im Einsatz sind«, sagte Randy. »Aber bei so einem großen Gelände kann man nicht jeden retten. Jedes Jahr fallen Touristen vom Half Dome oder El Cap, ertrinken im Fluss oder stürzen einen der Wasserfälle hinab. Und natürlich reden wir hier nicht von lustigen, kleinen Wasserfällen. Wir reden von den Yosemite Falls, den Vernal Falls oder den Bridal Vail Falls. Die sind nicht nur hoch, sie enden auch in flachen Felsbecken. Niemand kann so einen Sturz überleben. Einmal …«

»Bitte verschone mich mit den Details«, warf Bob ein. »Ich möchte nicht wissen, wer hier wann und wie von welchem Berg oder Wasserfall gestürzt ist. Immerhin sind das keine Gruselgeschichten, sondern Tatsachenberichte.«

»Und ob.« Randy nickte. »Moms Chef führt Buch über alle Vorfälle. Er nennt es seine ›Chronologie des Todes‹.«

»Die möchte ich lieber nicht lesen«, gab Peter zu.

»Die Leute vom Rettungsdienst dokumentieren alle Unfälle, um in Zukunft besser vorbereitet zu sein«, erklärte Randy. »Aber nun mal zu etwas ganz anderem. Mr Andrews meinte, dass ihr nicht bei ihm im Hotel wohnt, sondern zelten wollt.«

»Das stimmt«, sagten Peter und Bob beinahe gleichzeitig. »Kannst du uns einen Platz empfehlen?«

Randy blickte die drei ??? belustigt an. »Die Campingmöglichkeiten sind hier im Tal gerade sehr knapp.«

»Aber wir haben doch schon Oktober!« Peter war überrascht. »Ich dachte, die Massen reisen im Herbst wieder ab.«

»Normalerweise ist das auch so«, erwiderte Randy. »Aber dieses Jahr findet im Valley irgendein internationales Camp für Kinder- und Jugendpfadfinder statt. Die würden zusammengenommen mehrere Fußballstadien füllen. Ihr glaubt nicht, was auf den Zeltplätzen los ist! Seit vorgestern ist vom Curry Village bis Camp 4 alles belegt.«

»Müssen die Kinder denn nicht zur Schule gehen?«

Randy zuckte die Achseln. »In Europa soll es ja angeblich sogar im Herbst Ferien geben. Aber wer weiß das schon genau. Jedenfalls sind die gerade alle hier.«

Bob machte ein langes Gesicht. »Dann müssen wir ja doch mit Dad ins Hotel gehen.«

»Das können wir uns gar nicht leisten«, gab Justus zu bedenken. Er war sichtlich missgestimmt. Der Erste Detektiv schätzte es nicht, spontan umplanen zu müssen. »Die Marmot Lodge hat Zimmerpreise, die jenseits von unserem Urlaubsbudget liegen.« Er wandte sich an Randy. »Gibt es im näheren Umkreis eventuell andere Unterkünfte, die auch mit einem schmaleren Geldbeutel vereinbar sind?«

Randy grinste. »Du meinst, ohne goldene Kreditkarte?«

Justus nickte. »Wir würden es bevorzugen, direkt im Valley zu logieren.«

»Hier gibt es außer der Marmot Lodge, einer ähnlich teuren Pension, einem unbezahlbaren Luxushotel und den Campingplätzen nur ein paar Miethütten im Village. Und ich fürchte, dass die schon ausgebucht sind.«
Justus seufzte. »Dann müssen wir heute Abend zurück nach Wawona oder möglicherweise ganz aus dem Park raus. Und das auch noch ohne Auto.«
»Warte doch!« Randy grinste. »Mein Onkel Jack betreibt einen kleinen Kiosk im Südosten des Tals. Zu seinem Grundstück gehören auch ein Parkplatz und eine kleine Wiese. Da könnt ihr eure Zelte aufschlagen – vorausgesetzt, ich darf mitcampen.«
Justus zögerte kurz, dann willigte er ein. Auch Peter und Bob waren einverstanden.
»Super«, fand Randy. »Mir war schon echt langweilig, so ohne Jungs in meinem Alter. Ich hol dann später mein Zeug.«
»Dann wäre auch die Übernachtungsfrage geklärt«, stellte Mr Andrews zufrieden fest. »Wenn ihr wollt, fahre ich euch kurz hin.«
»Danke, Sir. Aber ich muss zuvor noch mit meiner Mutter sprechen«, entgegnete Randy. »Es ist wichtig!«
»Aber die ist doch bei der Krankenstation«, wandte Mr Andrews ein.
»Die Krankenstation liegt ganz in der Nähe«, sagte Randy. »Spätestens in einer Viertelstunde kommt sie zurück. Sie hat versprochen, mich hier abzuholen.«
Es dauerte tatsächlich nicht lange, bis der rot-weiße Hubschrauber auf einer kleinen Sandfläche am Fluss landete. Eine Frau mit einer Sonnenbrille und einer schwarzen Pilotenjacke stieg aus und kam zielstrebig auf sie zu. Justus schätzte sie auf Anfang Vierzig. Man sah ihr die Ähnlichkeit mit Randy sofort an, nur dass Jeanne Chase weniger Sommersprossen, dafür

lange blonde Haare hatte, die sie in einem Pferdeschwanz zurückgebunden hatte.
»Meine Güte, ich dachte schon, wir können den Bergsteiger abschreiben.« Sie lächelte Mr Andrews erschöpft an.
»Geht es ihm gut?«, fragte Peter zögerlich.
»Gut nicht.« Die Pilotin schob die Sonnenbrille ins Haar. »Aber er wird es überleben. Bei dem Steinschlag hatte er wirklich Glück im Unglück. Nur darf man sich an den Steilwänden nicht auf so unsichere Faktoren wie Glück verlassen. In den letzten drei Monaten sind wir kaum zur Ruhe gekommen. Das gute Wetter sorgt dafür, dass die Touristen selbst jetzt noch klettern gehen. Und wenn es dann auch noch brennt, kommen wir mit unserer Arbeit kaum hinterher.«
»Ach ja?« Mr Andrews zog sofort seinen Notizblock hervor. »Darüber wüsste ich gerne mehr.«
»Leg das bloß wieder weg!« Mrs Chase winkte ab. »Nicht, dass es am Ende heißt, wir wären überfordert und unterbesetzt!«
»Das würde ich nie so schreiben«, entgegnete Mr Andrews. »Immerhin habt ihr heute wieder bewiesen, dass ihr große Taten vollbringen könnt. Es ist immer wieder spannend, dich und deinen Hubschrauber in Aktion zu erleben.«
»Na, ich weiß nicht. Ob mein alter Bell und ich wirklich als Geschichte für eine Zeitung wie die Los Angeles Post taugen?«
»Aber sicher. Außerdem habe ich bis Dienstag Zeit.«
»Dann würde ich an deiner Stelle mal Urlaub machen!« Jeanne lachte.
»Wer ist Bell?«, wollte Bob wissen.
»Das ist der Hubschrauber«, sagte Jeanne. »Ein Bell 205A1. Nicht das neuste Modell, aber eine gute Maschine für unsere Einsätze.«
»Mom?«, meldete sich Randy zu Wort. »Ich muss mit dir reden!«

»Was ist denn?«
»Mr Andrews' Sohn und seine Freunde sind zum Campen hier. Ich würde mich ihnen gern anschließen.«
»Ja, natürlich.«
»Und noch etwas!«
Jeanne sah auf ihre Uhr. »Kann das nicht bis später warten? Ich habe noch zu tun!«
»Es geht um … die Dinge.« Randy trat von einem Bein aufs andere, beinahe so, als müsste er dringend auf die Toilette.
»Nicht schon wieder!« Die Pilotin schob die Sonnenbrille zurück auf die Nase. »Randy, wir haben hier wirklich genug zu tun.«
»Aber es könnte wichtig sein!«
»Nicht jetzt!«
»Wann denn dann?«
Justus sah aufmerksam von Mutter zu Sohn und wieder zurück. Was beschäftigte Randy so sehr, dass er unbedingt sofort mit Jeanne sprechen wollte?
»Mom, es ist schon wieder passiert!«
»Ich habe mit den Rangern gesprochen und sie haben nichts gefunden. Vermutlich hat dir deine Fantasie einen Streich gespielt.« Jeanne Chase wandte sich wieder an Mr Andrews. »Willst du mich in die Helitack-Zentrale begleiten? Dann könntest du ein Interview mit dem Einsatzleiter machen. Es sei denn, du entschließt dich, doch noch Urlaub zu machen.«
»Eigentlich wollte mein Vater uns zu unserem Campingplatz fahren«, sagte Bob.
»Ach ja, richtig. Pass auf, Jeanne, ich fahre kurz die Jungen weg und dann komme ich direkt zu euch in die Zentrale!« Mr Andrews verabschiedete sich von der Pilotin. Dann steuerte er mit eiligen Schritten den Wagen an, der in einer kleinen Parkbucht nahe dem Fluss stand. Peter, Bob und Randy

quetschten sich auf die Rückbank des blauen Fords, während Justus auf dem Beifahrersitz Platz nahm.
»Sie ist nett«, sagte Bob, als Mr Andrews den Wagen auf die Hauptstraße lenkte, die sich in Form einer großen Acht einmal durchs Tal zog und alle wichtigen Stationen – von der Feuerwehr bis zum Fahrradverleih, von der Maultier-Ranch bis zum Luxushotel – miteinander verband. »Und hübsch.«
Mr Andrews lachte. »Keine Sorge. Ich bleibe deiner Mom treu. Jeanne ist nur eine gute Bekannte.«
»Ich nehme dich beim Wort«, bemerkte Bob und sah wieder aus dem Fenster. Von der Straße aus konnte er zwischen den roten Kiefern und den Mammutbäumen hindurch einen Blick auf die schroffen Felsen werfen, die das Tal umgaben. Vereinzelt stürzten Wasserfälle in dünnen weißen Fäden über Klippen. Über allem thronte die runde Kuppel des Half Dome, einem eigenartig geformten Granitblock, der sogar noch eindrucksvoller war als der El Capitan. Bob konnte es sich nicht genau erklären, aber er wurde das Gefühl nicht los, dass der Berg nicht nur ein Wächter über das Tal war, sondern auch eine Bedrohung für alle seine Bewohner. Etwas Unheilverkündendes ging von ihm aus, so als wolle er die Menschen warnen, ihm bloß nicht zu nahe zu kommen.

Im Schatten des Berges

»Da sind wir schon! Fahren Sie langsamer, Bill!«, rief Randy. Er deutete auf einen Weg, der sich durch eine Wildwiese hin zu einem Kiosk schlängelte. Die grün gestrichene Holzhütte lag direkt im Schatten eines Felsmassivs. Ein paar Touristen saßen davor an Tischen.

»Der perfekte Platz zum Campen«, fand Bob.

»An der Rückseite gibt es einen Schuppen mit Wasseranschluss und einer Toilette. Nur Duschen gibt es nicht«, erklärte Randy, nachdem sie ausgestiegen waren.

»Kein Problem«, meinte der Zweite Detektiv, während er den Kofferraum aufklappte. »Wir können ja im Fluss baden.«

»Meinetwegen.« Bobs Vater half den Jungen, die Campingausrüstung auszuladen. »Ihr seid alt genug, um auf eigene Verantwortung zu verdrecken. Hauptsache, ihr ertrinkt mir nicht!« Mr Andrews vergewisserte sich, dass sie alle ihre Sachen dabeihatten, dann stieg er wieder in den Wagen und fuhr davon.

»Sag mal, Randy.« Justus stellte seinen Rucksack neben dem Kiosk ab. »Was wolltest du deiner Mutter eigentlich vorhin erzählen?«

»Ach, es ist nichts.« Randy winkte einem blonden Mann mit Vollbart zu, der hinter dem Tresen stand und gerade einer großen Familie Getränke ausschenkte. »Hallo Jack! Hast du was dagegen, wenn wir neben deinem Kiosk campen? Die Plätze sind leider alle voll!«

»Kein Problem!«, rief der Mann zurück. »Solange ihr euren Müll einsammelt und kein größeres Feuer macht, ist mir das recht.«

»Danke!« Randy schnappte sich das Zelt. Dann führte er die

drei ??? am Kiosk vorbei zu einem Streifen Wiese, der zwischen Wald, Felswand und Parkplatz lag. »Vielleicht hat Onkel Jack auch ein paar Campingstühle. Brauchen wir sonst noch etwas?«

»Eine Erklärung für das, was du im Osten des Tals entdeckt hast«, antwortete Justus. Randy zuckte zusammen, sagte jedoch nichts. Ungerührt fuhr der Erste Detektiv fort: »Du bist dort auf etwas Merkwürdiges gestoßen, aber als die Ranger deine Entdeckung untersuchten, fanden sie nichts. Folglich glaubten sie dir nicht. Heute jedoch hat sich das Ereignis wiederholt. Du hast erneut etwas beobachtet und das wolltest du deiner Mutter vorhin mitteilen – leider ohne Erfolg.«

Randy blickte verunsichert auf. »Woher weißt du das?«

»Das sind die Schlüsse, die ich aus dem Gespräch zwischen dir und deiner Mutter gezogen habe.« Justus versuchte, das widerspenstige Zelt aus der Plastiktasche zu zerren. Aber das Zelt hatte andere Pläne.

Einen kurzen Moment lang war Randy sprachlos. Dann sagte er langsam: »Du kannst verdammt gut kombinieren.«

»Eine Folge der mehrjährigen Berufserfahrung«, erwiderte Justus – mit hörbarer Genugtuung in der Stimme.

»Berufserfahrung?«, echote Randy ungläubig. »Ihr seid doch jünger als ich, oder?«

»Das stimmt«, gab Justus zu. »Aber trotzdem führen wir ein erfolgreiches Unternehmen.«

»Wir sind Detektive!«, erklärte Peter. »Falls du einen Fall für uns haben solltest, übernehmen wir ihn gern!«

»Und kostenlos!«, fügte Bob hinzu. »Wobei wir eigentlich gerade Ferien machen.«

»Theoretisch machen wir Urlaub, aber praktisch sind wir immer im Dienst.« Justus griff in seine Hosentasche. Dort steckte sein Etui mit den Visitenkarten der drei ???. Etwas umständlich kramte er es hervor, öffnete es und reichte Randy eine der Karten.

Randy sah von einem zum anderen. »Wenn ihr das wirklich ernst meint und mich nicht gerade nach allen Regeln der Kunst veräppelt, könntet ihr mir tatsächlich helfen.«
»Das ließe sich bestimmt einrichten«, versicherte der Erste Detektiv förmlich. »Bevor wir unsere Zusage geben, müssen wir allerdings mehr über deine Beobachtungen wissen. Es wäre gut, wenn du uns berichtest, was vorgefallen ist.«
»Oh, Mann!« Randy sah Justus mit großen Augen an. »Du klingst wie diese Kommissare im Fernsehen! Redest du immer so?«
»Justus muss neuen Klienten grundsätzlich demonstrieren, was er alles kann. Besonders, wenn sie beinahe gleichaltrig sind.« Bob lachte. »Er drückt sich dann ziemlich kompliziert aus. Das kommt daher, dass er so viel liest.«
»Viel? Er liest alles, was er in die Finger bekommt!« Peter grinste. »Sachbücher, Romane, Zeitungen, Gebrauchsanweisungen, Lexika und selbst solche Dinge wie Handzettel, Werbebroschüren und Frauenzeitschriften.«
»Ich lese keine Frauenzeitschriften. Höchstens, wenn sie wis-

senschaftlich fundierte Diätratschläge enthalten.« Justus warf dem Zweiten Detektiv einen strengen Blick zu. »Kommen wir zurück zum Thema. Was ist hier vorgefallen?«
»Es begann vor zwei Tagen, ungefähr zu der Zeit, als die Pfadfinder kamen und die großen Scharen von Touristen wieder abgereist sind«, erzählte Randy. »Ich wollte zum Klettern zu ein paar Klippen im Wald. Dort habe ich dann die Blutflecken entdeckt.«
»Blutflecken?«, wiederholte Peter entsetzt.
»Ja, auf einem flachen Felsen am Fuß des Half Dome. Das Moos darum herum war aufgewühlt, aber in der Nähe waren weder Tiere noch Menschen zu sehen.«
»Trotzdem könnten die Flecken von einem Raubtier stammen, das ein Reh oder einen Hasen erlegt hat«, meinte Justus.
»Das habe ich auch erst gedacht«, wandte Randy ein. »Aber es gab keine Schleifspuren! Auch keine Überreste eines Beutetiers. Normalerweise bleiben Fellbüschel und einzelne Knochen zurück.«
»Dann war es eben ein menschlicher Jäger!«, überlegte Peter.
»Das kann nicht sein. Im Yosemite National Park ist die Jagd streng verboten. Die Tiere stehen unter Naturschutz.«
»Auch kranke Tiere? Die Parkverwaltung kontrolliert doch bestimmt die Bestände. Wenn nicht ab und zu ein paar Rehe geschossen werden, käme es doch bestimmt zu einer Überpopulation.«
»So genau kenne ich mich damit nicht aus«, gab Randy zu. »Aber ich habe die Ranger gefragt, ob jemand von ihnen ein Tier erlegt hat.«
»Und?«, fragte Peter. »Sind sie auf Jagd gegangen?«
Randy gab ein amüsiertes Schnauben von sich. »Würde ich dann eure Hilfe brauchen? Die Ranger haben hier im Wald nichts geschossen. Weder Rehe noch sonst etwas.«

»Ansonsten käme auch ein Gewaltverbrechen in Betracht.« Peter zog die Stirn kraus. »Was meinst du damit, Erster?«
»Alles, wobei Blut fließt: Körperverletzung. Totschlag. Mord!«
»Falls es ein Mord war, sollten wir den Fall aber doch besser an die Park Police weitergeben«, sagte Peter entschieden. »Damit möchte ich nämlich nichts zu tun haben.«
»Ganz meine Meinung!«, bestätigte Bob.
»Wir sollten keine voreiligen Schlüsse ziehen, Kollegen.« Justus blickte nachdenklich auf die Wiese, die sich vor ihnen erstreckte. »Es könnte sich ja auch um einen Unfall handeln. Sind in der letzten Zeit Leute aus dem Valley verschwunden, Randy?«
»Im Sommer hat es mehrere Vermisste gegeben, aber das ist hier im Park normal. Sie wurden zum Glück alle gefunden.«
»Und jetzt gerade wird niemand vermisst?«
Randy überlegte kurz. »Nein, sonst würden überall Suchmeldungen aushängen.«
»Hast du das Blut denn näher untersuchen können? Vielleicht war es einfach nur rote Farbe.«
»Ich glaube schon, dass es Blut war. Aber ich war zu erschrocken, um Bilder zu machen oder einen Beweis mitzunehmen. Ich habe sofort mit den Rangern gesprochen. Zwei von ihnen sind mit mir zu dem flachen Felsen gegangen. Aber der war plötzlich blitzblank!«
»Äußerst seltsam. Sind dir denn vor Ort noch andere Veränderungen aufgefallen?«
»Ja«, meinte Randy. »Der Stein war leicht feucht und das Moos um ihn herum war platt gedrückt.«
»Dann hat jemand die Spuren beseitigt!«, schlussfolgerte Justus.
Randy schnaubte. »Das habe ich auch gedacht. Aber genau das wollten mir die Ranger nicht glauben. Ranger Thornton

meinte, ich würde mir das ausdenken! Auch Ranger Moss hat mir nicht geglaubt. Es hat an dem Tag nämlich leicht geregnet. Sie vermuten, dass der nasse Fels in der Abendsonne rot geschimmert hat.«

»So eine optische Täuschung wäre durchaus eine logische Erklärung.«

»Vielleicht, aber das platt gedrückte Moos spricht doch dagegen. Und dann habe ich heute weitere Flecken entdeckt. Sie waren über ein größeres Gebiet verteilt, ziemlich frisch, aber nicht so groß wie der erste.«

Justus sah seine Kollegen an. »Wir sollten uns die verdächtigen Orte einfach mal genauer angucken.«

»Aber das Blut ist doch längst weg!«

»Es ist doch nicht erwiesen, dass es sich tatsächlich um Blut handelt, Zweiter«, gab Justus zurück. »Neben roter Farbe kämen auch spezielle Flechten oder Algensorten infrage. Ich habe zum Beispiel gelesen, dass die Yosemite Falls im Sommer fast komplett versiegen. Dann bilden sich an der feuchten Felswand schwarze und rötliche Algen. So etwas könnte durchaus auch auf den Steinen im Wald geschehen.«

»Aber warum sollte jemand Algen wegwischen?«, warf Bob ein.

»Wenn wir das alles schon wüssten, gäbe es keinen Fall mehr.« Justus griff nach einer Abspannleine. »Lasst uns das Zelt fertig aufbauen, am Kiosk etwas essen und dann loswandern. Ich bin gespannt, was wir im Wald finden!«

Obwohl es erst kurz vor drei Uhr am Nachmittag war, herrschte im Wald ein rötliches Zwielicht. Der schwere Geruch von feuchten Kiefernnadeln und reifen Beeren lag in der Luft. Zwischen den Farnen wuchsen kleine Gruppen von Pilzen, in den Senken hatten sich Tümpel aus Regenwasser gebildet. Während es in Rocky Beach zu dieser Zeit noch immer warm war, merkte man hier in den Bergen deutlich, dass der Sommer bereits vorbei war. Die Ahornbäume und Eichen im Tal leuchteten in Rot und Gelb und weiter oben im Wald strich ein kühler Wind um die Kiefernstämme.

Peter kniff die Augen zusammen. »Ist ja schön hier, aber kann mal einer das Licht anmachen?«

»Die Sonne steht jetzt genau hinter dem Half Dome«, erklärte Randy. »Deshalb ist es hier so schattig.«

Die Jungen blickten einen bewaldeten Hügel hinauf, der rechts von ihnen anstieg. Er ging in einen steinigen Hang über, der am Fuß einer gewaltigen Steilwand endete. Hunderte von Metern ragte der Felsen senkrecht in die Luft. Schwarze Schlieren zogen sich durch den Granitblock. Ein dünnes, goldenes Lichtband säumte die obere Kante – der einzige Beweis, dass hinter dem Giganten die Sonne schien.

Bob fröstelte. Von Nahem sah der Half Dome noch bedrohlicher aus.

»Die indianischen Legenden erzählen, dass der Berg weint.« Randy bog auf einen schmaleren Pfad ab, der einen Hang hinaufführte. »So erklärten sie sich wohl die dunklen Rinnsale, die den Fels herablaufen.«

»Wenigstens ist das zur Abwechslung mal keine unheimliche Legende«, fand Peter. »Oder ziehst du gleich noch irgendwelche Geschichten von Geistererscheinungen, Spukphänomenen und Bergflüchen aus dem Hut?«

»Nein«, entgegnete Randy ernst. »Von Geistererscheinungen am Half Dome habe ich noch nie etwas gehört. Aber es kommen viele Leute hierher, weil sie den Berg für einen Ort der spirituellen Energie halten.«

»Nicht gerade gruselig«, stellte Peter zufrieden fest.

»Ganz wie man es nimmt.« Randy sah sich nach dem Zweiten

Detektiv um, der direkt hinter ihm ging. »Auch ganz ohne Zauber ist der Dome ein düsterer Ort. Auch für mich. Ich habe euch doch erzählt, dass mein Vater bei einer Rettungsaktion ums Leben gekommen ist.« Er machte eine kurze Pause und deutete dann hinauf zu der zerklüfteten Nordwand. »Es ist dort oben passiert. Sie wollten einen Bergsteiger retten, der unterhalb von einigen Felskaminen festsaß. Ein Unwetter zog auf. Drei Leute haben es nicht mehr rechtzeitig nach unten geschafft. Darunter auch mein Vater.«

»Das tut mir leid!«, sagte Bob betroffen. Peter und Justus murmelten leise ihre Zustimmung.

»Mein Vater hat immer gesagt, dass man bei seinem Job mit Unfällen rechnen muss. Aber wenn es passiert, kommt es trotzdem so überraschend.« Randy ging weiter. »Zuerst wollten wir wegziehen, aber dann hat Mom sich nur umso stärker in die Arbeit gestürzt. Ich glaube, wenn man einmal hier gelebt und gearbeitet hat, kann man nicht mehr so einfach weg.«

Sie stiegen über ein paar umgestürzte Bäume hinweg. Dann marschierten sie über eine Ebene mit Findlingen, krummen Kiefern und hohen Gräsern.

»Wir sind gleich da«, stellte Randy fest, als sie ein paar Klippen umrundet hatten. Sie waren jetzt ganz dicht an dem Hang, der zum Half Dome hinaufführte.

»Da! Da ist es.«

Vor ihnen erstreckte sich eine flache Felsplatte in der Form eines schiefen Vierecks. Sie erhob sich gerade einmal zehn Zentimeter aus dem Moos, das sie umgab. Dunkle Risse zogen sich über die Oberfläche, die ansonsten glatt und erstaunlich sauber war. »Hier habe ich die ersten Blutflecken gesehen.«

Justus umrundete den Felsen. Das Moos war an mehreren Stellen platt getreten. Ein hoher Pilz lag abgebrochen zwi-

schen umgeknickten Grashalmen. Auf der feuchten Erde zeichnete sich undeutlich das Muster von schweren Stiefeln ab.
»Sieht mir nach Größe 44 oder 45 aus.« In gebückter Haltung ging Justus weiter um den Felsen herum. »Und der Abdruck hier ist noch größer. Zu dumm, dass die Ranger hier waren. So können wir nicht herausfinden, ob die Abdrücke zu ihnen gehören oder zu dem Individuum, das für die Blutflecken verantwortlich war.«
»Also, der große Abdruck könnte von mir stammen.« Randy hob demonstrativ einen Fuß. »Ich habe Größe 46.«
Der Erste Detektiv bückte sich. »Interessant!«
»Was denn?«
»Auf dem Fels befindet sich noch eine hauchdünne Schicht aus Algen und Erde. Sie ist an mehreren Stellen verwischt, beinahe so, als hätte jemand eine Scheuerbürste verwendet!«
»Also doch!« Randys Augen leuchteten. »Ich wusste es! Jemand ist hier gewesen und hat die Flecken beseitigt.«
»Ich halte den Zustand mal fest!« Bob machte ein paar Fotos von dem Stein, den Fußspuren und der Umgebung.
»Kannst du uns auch noch den zweiten Ort zeigen, an dem du Blutflecken gefunden hast?«, bat Justus, als er mit seiner Untersuchung fertig war.
»Klar«, willigte Randy ein. »Er liegt nicht weit von hier, etwas tiefer in den Wald hinein.«
Sie verließen den flachen Felsen bei den Klippen und schlugen sich in nördlicher Richtung durch das Unterholz. Mittlerweile war es noch dunkler geworden. Bob hatte das Gefühl, durch eine Traumwelt zu laufen. Kaum vorstellbar, dass das sonnige Rocky Beach nur ein paar Autostunden entfernt lag.
Hinter einem sumpfigen Tümpel verlangsamte Randy seine Schritte und deutete auf den Boden. »Es waren nur ein paar

verschmierte Blätter. Wenn ich nicht zuvor das Blut auf dem Felsen gesehen hätte, wäre mir das gar nicht aufgefallen.«
Bob sah sich um. »Hier ist nichts mehr.«
»Nicht ganz.« Peter ging auf die Knie. »An der Stelle dort könnte vor Kurzem etwas gelegen haben. Die Tannennadeln sind aufgewühlt. Und da sind Schleifspuren. Jemand hat versucht, sie zu verdecken.«
»Höchst sonderbar.« Nun untersuchte auch Justus die Umgebung genauer. Er drehte Steinchen um, spähte unter Brombeerranken und blickte schließlich sogar die Bäume hinauf. Dabei stutzte er. »Seht mal!«
Sofort richteten auch die anderen drei Jungen ihren Blick auf eine der Kiefern. Gut eineinhalb Meter über dem Boden war das Holz aufgesplittert. Es sah aus, als hätte jemand ein schmales Messer oder einen Eisenstab mit voller Wucht in den Stamm gerammt. Am Boden, um die Wurzeln herum, lagen Splitter und Späne.
Peter stand auf und betrachtete den Baum. »Die Stelle kann noch nicht alt sein. Das Harz ist noch ganz frisch und das Holz hat sich noch nicht verfärbt.«
»Warum sollte jemand eine Kiefer angreifen?«, fragte Bob.
»Für eilige Schlussfolgerungen ist es zu früh!«, stellte Justus fest. »Ich schlage vor, dass wir unsere Untersuchungen durch die Befragung weiterer Zeugen ergänzen.«
»Was für Zeugen?«
»Den Half Dome können wir ja schlecht fragen, ob er in seinem Schatten etwas Ungewöhnliches beobachtet hat«, meinte Bob belustigt.
»Ich rede von den Menschen, die sich selbst einen Überblick verschafft haben: den Rangern. Wir sollten unbedingt mit ihnen sprechen. Vielleicht ist einem von ihnen etwas aufgefallen, was Randy und uns bislang entgangen ist.«

»Meinetwegen«, meinte Randy. »Dann lasst uns zuerst mit Ranger Thornton sprechen. Er hat heute eine Informationsveranstaltung in der Marmot Lodge.«
Sie marschierten unter den hohen Bäumen zurück zum Weg, der ins Tal führte. Dabei sahen sie ein paar neugierige Eichhörnchen und zwei Rehe. Nur Menschen kamen ihnen nicht entgegen. Der Grund, weswegen Wanderer die Gegend mieden, war allerdings deutlich zu hören. Je näher sie dem Kiosk kamen, desto stärker schwoll der Lärm hunderter Kinderstimmen an.
»Oh, nein!« Randy verzog das Gesicht. »Gut die Hälfte von denen hat heute einen Ausflug zum Mono Lake gemacht. Deshalb war es auch so ruhig im Tal. Klingt so, als wären sie wieder zurück.«
»Ich hätte an Ohrstöpsel denken sollen«, murmelte Bob entgeistert. Im selben Augenblick knackte es im Gebüsch und ein großer dunkler Schatten brach durchs Unterholz. Die drei ??? sprangen instinktiv zur Seite. Bob verlor das Gleichgewicht und landete unsanft auf dem Waldboden.
»Himmel!«, rief Peter. »Hab ich mich erschreckt!«
»Immer mit der Ruhe! Das war nur ein Hirsch«, erklärte Randy belustigt. »Die Tiere sind an Touristen gewöhnt, aber bei dem Höllenlärm fliehen selbst sie aus dem Valley.«
»Ich dachte immer, Pfadfinder wären Naturfreunde!«, sagte Peter empört.
»Nicht, wenn du hunderte von ihnen in ein Camp steckst.« Bob klopfte sich Erde und Tannennadeln von der Hose. »Ich hoffe, sie verzichten heute Nacht auf Lagerfeuerromantik und Gesang und gehen zeitig schlafen.«
»Freu dich nicht zu früh!«, mahnte Randy.

Jene, die töten

Die drei ??? mieteten sich Fahrräder bei einem kleinen Fahrradverleih, der dem Kiosk von Randys Onkel gegenüberlag. Da das Tal an keiner Stelle mehr als zehn Kilometer lang und drei Kilometer breit war, konnte man die meisten Orte bequem mit dem Rad erreichen und auf einen Wagen verzichten. Randy fuhr auf Peters Gepäckträger mit bis zum Valley Village, wo er gemeinsam mit Jeanne wohnte. Eilig holte Randy sein Rad aus der Garage und alles, was er zum Campen benötigte, aus dem Haus. Dann radelten sie den Valley-Fahrradweg entlang durch das Tal bis zur Marmot Lodge, in der Mr Andrews abgestiegen war.

Die Lodge war ein alter Holzbau, der nach außen hin Ähnlichkeit mit den Hütten der Trapper und Holzfäller hatte. Sie lag beinahe in der Mitte des Tals, nahe dem Merced River. Vor der Tür plätscherte Wasser in einen ausgehöhlten Baumstamm. Ein handgeschriebenes Schild verkündete, dass Ranger John B. Thornton heute einen Vortrag über Sicherheit im Nationalpark hielt.

Die Lobby war rustikal und etwas altmodisch eingerichtet. Es gab einen offenen Kamin, eine Sitzecke und eine kleine Bar, die allerdings geschlossen war.

»Randy!« Eine dunkelblonde Frau hinter dem Empfangstresen winkte dem Jungen zu. »Was machst du denn hier?«

»Hi, Tara! Ich würde gerne Ranger Thornton sprechen.«

»Der hält gerade im Muir-Saal seinen Vortrag. Wenn ihr leise seid, könnt ihr aber gerne zuhören. »

»Danke!«

»Keine Ursache.« Sie lächelte. »Grüß mir deine Mutter!«

»Tara Finn ist die Besitzerin der Lodge. Sie ist mit Mom befreundet«, sagte Randy, während er die drei ??? zu einer breiten Holztür führte. Dahinter hörte man eine sonore Stimme. Leise betraten sie den Raum, in dem einfache Holzbänke standen. Ein älteres Ehepaar, zwei Männer, eine Familie mit zwei Kindern und eine Frau saßen in den ersten beiden Reihen. Der Rest der Bänke war leer. Vor den Zuhörern befand sich ein Podest mit einem Pult, neben dem ein braunhaariger Mann mit Bart stand und ein Notebook bediente. Offensichtlich zeigte er auf der Leinwand hinter ihm gerade eine Präsentation.

Nach einem Klick mit der Maus verschwand das Bild eines Schwarzbären und der Half Dome tauchte auf. »Bei diesem Berg handelt es sich um einen interessanten Monolithen«, erklärte der Ranger seinem Publikum. »Er ist ein besonders beliebtes Ausflugsziel. Aber ich kann Sie nur warnen: Der Weg zum Gipfel ist schwer und gefährlich! Selbst dann, wenn Sie nur den Wanderpfad über die Rückseite wählen. Sie müssen einen gewaltigen Höhenunterschied zurücklegen und kommen nach einem langen, steilen Aufstieg an einen Felshang, den Sie nur mithilfe von Stahlseilen erklimmen können. Schon bei leichtem Regen ist dieser letzte Teil der Strecke kaum zu bewältigen. Zudem brauchen Sie dafür eine Genehmigung.«

Ein leises Tuscheln ging durch die Menge.

Ranger Thornton ließ sich jedoch nicht beirren und berichtete noch eine Viertelstunde über weitere Gefahren der Bergwelt. Dann schloss er seinen Vortrag mit einer letzten Warnung: »Ich möchte Sie bitten, nach Einbruch der Dunkelheit nicht mehr in den Wald zu gehen. Sie können sich dort leicht verirren oder auf einen Bären stoßen. Die Tiere sind nachtaktiv.« Er schaltete den Laptop aus und das Bild auf der Leinwand erlosch.

Drei Leute meldeten sich, darunter auch die Frau. Justus betrachtete sie amüsiert. Sie trug brandneue Wandersachen, die farblich nicht zusammenpassten und eine Nummer zu groß waren. Obwohl sie über dreißig sein musste, hatte sie ihre braunen Haare wie ein Schulmädchen zu zwei Zöpfen gebunden.

»Brauche ich auch eine Erlaubnis, wenn ich den Half Dome über die Nordseite besteigen will?«

Einer der Männer, ein Hüne, den Justus auf gut zwei Meter schätzte, lachte schallend. »Na, da haben Sie aber etwas vor!«

Der Ranger hingegen lachte nicht, sondern sah die Frau mit den Zöpfen besorgt an. »Eine Genehmigung brauchen Sie für die Steilwand nicht, Madam. Aber informieren Sie sich bitte trotzdem vorher über den Aufstieg. Es gibt noch weitere Strecken auf den Half Dome, die weniger gefährlich sind.«

»Das mache ich!« Die Frau strahlte. »Wissen Sie, ich bin den ganzen Weg aus Boston hergekommen, um einmal diesen Berg zu besteigen.«

»Klettern Sie denn öfter in so große Höhen?«, fragte die ältere Dame, die mit ihrem Mann in der ersten Reihe saß. Beim Reden schob sie ihre Brille auf der Nase hin und her.

»Ich habe ein Buch darüber gelesen.«

Der Ranger wurde nun sichtlich nervös. »Madam, wenn Sie Mrs Finn an der Rezeption ansprechen, wird sie sicherlich gerne den Kontakt zu einem erfahrenen Bergführer herstellen. Möchten Sie sonst noch etwas wissen?«

Tatsächlich kamen noch ein paar allgemeine Fragen zum Wetter, den Tieren im Nationalpark und den zahlreichen Sehenswürdigkeiten.

Als die Veranstaltung endlich aufgelöst wurde, ging Randy nach vorn zum Pult. Ranger Thornton packte gerade sein Notebook ein. »Randy, was führt dich hierher? Doch wohl kaum der Vortrag. Die Gefahren des Parks sind dir ja hinlänglich bekannt.«

»Das stimmt«, gab Randy zu. »Aber mich lässt diese Sache am Fuß vom Half Dome nicht los.«

»Hast du etwa wieder Blutflecken gefunden?«

»Nein, nicht direkt …«

»Randy, hör mal. Wir haben das gesamte Gebiet untersucht.« Thornton verstaute seine Sachen in einer großen Tasche. »Da war nichts!«

»So würde ich das nicht ausdrücken, Sir«, mischte sich nun Justus ein. »Wir haben durchaus Indizien dafür, dass Randy nicht lügt.«

»Aber das habe ich doch auch nicht behauptet«, entgegnete Ranger Thornton. »Ich kenne Randy schon, seit er ein kleiner Junge war. Ich weiß, dass er kein Lügner ist. Aber manchmal geht mit ihm die Fantasie durch. Da schimmert ein Stein rötlich in der Abendsonne – und schon will er riesige Blutlachen gesehen haben.«

»Keine riesigen Blutlachen. Es waren nur ein paar Flecken.«

»Wir werden unsere Augen offen halten«, versprach Thornton. »Aber ich möchte euch bitten, nicht kreuz und quer durch den Wald zu laufen. Ihr scheucht nur das Wild auf und zerstört seltene Pflanzen. Ich muss jetzt los!«

»Das war nicht sehr erfolgreich«, sagte Peter, als sie ins Foyer gingen. »Er glaubt uns nicht!«

»Entweder das oder er weiß etwas, das er uns nicht mitteilen möchte«, gab Justus zu bedenken. »Aber seht mal, wer da ist.« Mr Andrews stand am Empfang. Die Touristin mit den braunen Zöpfen redete gerade auf ihn ein. »… und dann sagte ich selbst zu mir: ›Ginette, du schaffst das! Du musst einfach auf diesen Berg steigen!‹ Unglaublich, nicht wahr?«

»Ja, einfach unglaublich«, sagte Mr Andrews matt. Als er die

Jungen erblickte, wirkte er erleichtert. Vermutlich hatte er schon befürchtet, die Frau nicht so schnell wieder loszuwerden. »Bitte entschuldigen Sie, ich muss mit meinem Sohn reden.«

Sie sah etwas enttäuscht aus, wandte sich dann aber an einen kräftigen Mann mit eisgrauem Haar, der eine Landkarte an der Wand studierte.

»Na, habt ihr Spaß?«, fragte Mr Andrews laut. Leise fügte er hinzu: »So eine Klette!«

»Randy hat im Wald Blutspuren gefunden«, teilte Bob ihm ohne Umschweife mit. Dann erzählte er seinem Vater ausführlich von dem flachen Felsen, dem Baum mit der tiefen Wunde und dem Gespräch mit dem Ranger.

»Das klingt so, als hättet ihr einen neuen Fall!«, sagte Mr Andrews ernst, als Bob seinen Bericht geschlossen hatte.

»Ich weiß, wir sollten eigentlich Urlaub machen, aber die Sache ist so merkwürdig, dass wir einfach Nachforschungen anstellen mussten.«

Nun schmunzelte Bobs Vater. »Ich kann es euch nicht verdenken. Als Journalist geht es mir ja kaum anders. Selbst im Urlaub wittere ich überall spannende Geschichten. Und diese ist sehr vielversprechend.«

»Dann glauben Sie uns?«, fragte Randy hoffnungsvoll.

»Nun, ein guter Journalist muss jede Spur verfolgen. Würdet ihr mir die Stellen im Wald zeigen? Ich könnte mir dann selbst ein Bild verschaffen.«

»Klasse! Dann lassen Sie uns keine Zeit verlieren, Bill!« Randy deutete auf die Tür. »Es dämmert ja schon!«

Vor der Tür stolperten sie fast über einen jungen Mann, der auf den Stufen saß und in einem Comic blätterte. Er war ungefähr so alt wie Randy, hatte blonde Haare und ein rundliches Gesicht mit auffällig hellblauen Augen.

»Hallo Steven!«, begrüßte Randy den Jungen im Vorbeigehen. »Du brauchst dringend einen neuen Comic, der ist ja schon ganz zerfleddert.«
Der blonde Junge drückte das Heft an sich, als wolle er es vor Randy schützen. Langsam schüttelte er den Kopf. »Superman kann fliegen.«
»Ich weiß, Steven.« Randy lächelte ihn aufmunternd an. Doch Steven hatte sich schon zu Mr Andrews und den drei ??? gedreht. Sein freundliches Gesicht wirkte verängstigt, die Augen waren geweitet. Mit einem Mal flüsterte er: »Hier leben Jene! Und sie töten.«
»Wie bitte?« Mr Andrews stutzte.
»Oh je!« Steven wiegte unruhig den Oberkörper vor und zurück. »Hier leben Jene! Und sie töten!«
»Schon gut«, sagte Randy ruhig. »Jene sind doch längst weg.«
»Nein!« Steven wiegte sich nun noch schneller vor und zurück. Sein Gesicht war verzerrt, so als habe er Schmerzen. »Hier leben Jene!«
»Steven, beruhig dich doch!«
Der Junge riss den Kopf herum und starrte Randy an. »Pst!«, zischte er. »Still! Es schläft!«
»Liebling, was redest du nur!« Tara Finn, die Besitzerin der Marmot Lodge, kam aus dem Haus.
»Hier leben Jene!«, wiederholte Steven nur mit monotoner Stimme. Dann streckte er den rechten Arm aus und deutete auf den Half Dome, der sich schwarz von dem rötlichen Abendhimmel abhob. »Der Berg ist böse. Böse. Böse. Still! Hier leben Jene.«
»Nicht doch, Liebling. Reg dich nicht auf.« Sie streichelte ihm sanft über die blonden Haare. Dabei wandte sie sich an Mr Andrews. »Mein Sohn erzählt manchmal wirres Zeug, aber er ist nicht gefährlich.«

»So erschrocken ist er aber sonst nicht«, meinte Randy.
»Das geht nun schon seit fast zwei Tagen so«, antwortete Tara Finn. »Vielleicht hat Steven etwas im Fernsehen gesehen, das ihn erschreckt hat.«
»Etwas mit einem Berg?«, fragte Justus zweifelnd.
»Der Berg! Böse!« Schon wieder wiegte sich Steven vor und zurück. »Hier leben Jene! Böse!«
»Na, das hast du ja toll hingekriegt, Just«, meinte Bob. »Das Wort mit ›B‹ ist hier wohl besser tabu.«
»Wir sollten jetzt wirklich losfahren.« Randy tippte auf seine Armbanduhr. »Es ist ja jetzt schon düster im Wald.«
Peter schulterte seinen Rucksack. »Noch düsterer? Geht das?«
»Na, kommt! Wir machen uns besser auf den Weg.« Mr Andrews und die drei ??? verabschiedeten sich von Tara und ihrem Sohn Steven und gingen dann zu ihren Fahrrädern. Bobs Vater wollte mit dem Auto vorfahren und am Parkplatz vor dem Kiosk auf sie warten.
»›Hier leben Jene!‹«, murmelte Peter, während er sein Rad losschloss. »Was Steven damit wohl gemeint hat?«
»Yosemite«, antwortete Randy nachdenklich. »Steven hat von dem indianischen Wort ›Yosemite‹ gesprochen. Übersetzt heißt das so viel wie ›Hier leben jene, die töten‹.«
»War ja klar.« Peter stöhnte. »Übersetzungen wie ›Hier leben jene, die gern Kuchen backen‹ oder ›Hier leben jene, die so richtig nett sind‹ wären ja auch zu schön gewesen.«
»Wie Randy schon so treffend zu Steven gesagt hat, sind ›Jene‹ schon längst weg«, erklärte Justus gelassen. »Höchstens von ihren Nachfahren könnte die Rede sein. Allerdings gibt es nicht mehr viele Indianer in der Gegend.«
»Und wovor hat Steven dann Angst?«, wandte Peter ein.
»Vielleicht hat er das mit Yosemite in einer Sendung im Fernsehen aufgeschnappt«, gab Bob zu bedenken. »Möglicherwei-

se wurde dabei auch der Half Dome gezeigt. Und jetzt hat er Angst vor dem Berg.«
»Ja, vermutlich«, meinte Peter. Doch als er auf sein Fahrrad stieg, hörte er Stevens verängstigte Stimme in seinem Kopf: »Hier leben Jene! Und sie töten!«

Die Schatten im Tal wurden länger. Die herbstliche Kühle kroch aus den Schluchten hervor. In den Lagern hatten die Pfadfinder Feuer angezündet. Von Gemütlichkeit konnte jedoch nicht die Rede sein. Der Lärmpegel war nicht gefallen. Ganz im Gegenteil: Man konnte weder das Gluckern des Merced Rivers noch die Vögel im Wald noch das Rauschen der Tannen hören. Nur unzählige Kinderstimmen – laute Kinderstimmen.
»So können wir uns wenigstens nicht verirren«, stellte Mr Andrews gut gelaunt fest, als sie den Waldweg zum Felsen einschlugen. »Wir brauchen auf dem Rückweg nur dem Gebrüll und Geschnatter folgen.«
»Jetzt sind sie ja noch leise!«, stellte Randy fest. »Warten Sie mal ab, was los ist, wenn die erst ihre Gitarren rausholen!«
Auf dem Weg durch den Wald begegneten sie auch dieses Mal niemandem. Nur die Äste der Bäume bewegten sich leicht im Abendwind. Über dem Half Dome stand mittlerweile eine blasse Mondsichel. Eine merkwürdige Stimmung lag über dem verlassenen Wald. Ohne die Geräuschkulisse aus den Pfadfindercamps wäre es unheimlich gewesen. Offenbar wurde dort jetzt gefeiert. Fetzen von Popmusik mischten sich mit dem Stimmengewirr.
Zwischen den hohen Kiefern war es noch nicht ganz dunkel, aber die Jungen waren froh, dass sie Taschenlampen im Rucksack hatten. Die würden sie auf dem Rückweg sicher brauchen.

»Vielleicht ist etwas unter dem Stein vergraben«, überlegte Mr Andrews, als sie endlich bei dem flachen Felsen ankamen. Eine Fledermaus huschte über ihre Köpfe hinweg und verschwand hinter den Klippen, die sich zu ihrer Rechten aufbauten.
»Ich denke nicht«, entgegnete Justus. »Ich habe alles abgesucht. Der Fels ist massiv und im Erdreich darum herum wurde nicht gegraben.«
»Dann sollten wir uns hier in der näheren Umgebung umsehen.« Mr Andrews deutete auf die Klippen. »Was ist, Jungs? Kommt mit! Vielleicht gibt es Höhlen oder Felsspalten, in denen wir Hinweise finden.«
Sie stiegen über ein paar Sträucher und bemooste Steine hinweg in Richtung Berg. Der Himmel über ihnen war inzwischen so dunkel geworden, dass sich der Halbmond hell abhob. Er bot jedoch nicht genug Licht, um die Umgebung zu untersuchen. Bob wollte gerade vorschlagen, die Taschenlampen anzuschalten, als ganz in ihrer Nähe ein Schuss ertönte. Steinsplitter spritzen links und rechts von ihnen durch die Luft. Irgendwo flatterte ein Vogel auf, dann ein zweiter. Grasbüschel und Moos lösten sich von den Klippen. In der Ferne drehten die Pfadfinder gerade die Musik auf.
»Runter!«, schrie Peter. Im selben Augenblick ertönte der zweite Schuss.

Getroffen!

Peter riss Bob mit sich zu Boden. Nebeneinander landeten sie unsanft im Gestrüpp. Dornen stachen in Peters rechte Hand, aber er bemerkte es kaum. Rechts neben ihm hatte sich Mr Andrews auf den Waldboden geworfen. Aus den Augenwinkeln sah Peter auch Justus und Randy, die schräg hinter ihnen kauerten. Alle lebten noch. So weit, so gut. Mit klopfendem Herzen schaute sich Peter um. Der flache Felsen und die Büsche boten ihnen nicht gerade viel Deckung. Aber an Flucht war sowieso nicht zu denken. Noch immer rieselten Erde und kleine Steinchen auf sie herab. Er atmete flach. Der Schreck saß ihm noch immer in den Knochen. Da hatte doch tatsächlich jemand geschossen!

»Verdammt!«, fluchte Mr Andrews leise. Er versuchte, über die Büsche hinwegzuspähen. »Wer war das?«

»Robbt langsam zurück!«, zischte Randy. »Wenn wir es hinter den Felsvorsprung dort bei den Klippen schaffen, sind wir in Sicherheit.«

»Das sind bestimmt fünf Meter!«, gab Bob gepresst zurück.

»Wenn nicht mehr!« Auch Peter legte keinen Wert darauf, sich dem Schützen erneut auszusetzen.

»Wenn wir dicht am Boden bleiben, müssten wir es schaffen! Die Dunkelheit ist auf unserer Seite.« Randy setzte sich bereits in Bewegung. »Los, kommt schon! Hier können wir nicht bleiben.«

»Mir gefällt das nicht.« Peter kroch langsam hinter dem Busch hervor. Randy hatte recht: Bei den Klippen konnten sie in Deckung gehen und gleichzeitig den Wald überblicken. Er atmete auf, als er eine Felsspalte erreichte, vor der hohe Büsche wuchsen. Hier konnten sie sich verstecken.

Allerdings waren sie nur vorläufig in Sicherheit. Wer immer geschossen hatte, war noch draußen im Wald. Vorsichtig spähte der Zweite Detektiv in die Dunkelheit. Er kniff die Augen zusammen. Waren da nicht die Umrisse von einem Menschen? Nein, die Umrisse von zwei Menschen, die geduckt zwischen den Bäumen davonschlichen? Und hinter der krummen Fichte, war da etwa noch ein Dritter? Peter konnte es nicht genau sagen. Die Schatten hoben sich kaum von der Finsternis ab. Regungslos verharrte Peter auf seinem Posten. War die Luft rein? Oder würden sie hinter dem Felsen warten müssen, bis die Leute von YOSAR nach ihnen suchten? Das konnte eine lange Nacht werden.

Als er hinter sich ein lautes Stöhnen hörte, fuhr er herum. Justus' Gesicht war schmerzverzerrt. Der Erste Detektiv lag am Boden und krümmte sich.

»Ist dir ein Stein auf den Kopf gefallen?«, fragte Peter erschrocken. »Oder hast du dir den Fuß verstaucht? Sag schon!«

»Alles klar, Justus?«, fragte Mr Andrews fast gleichzeitig.

Statt zu antworten, drehte sich Justus langsam auf die Seite. Ein einziger Blick auf seinen Oberschenkel erklärte alles. Der Jeansstoff war mit Erde und Tannennadeln verklebt und an der Seite aufgerissen. Langsam tränkte er sich mit einer dunkelroten Flüssigkeit – Blut!

»Himmel!« Mr Andrews zuckte erschrocken zurück.

»Auch das noch!« Randy robbte zum Ersten Detektiv. Er schaltete seine Taschenlampe ein.

»Bist du wahnsinnig?«, zischte Peter. »Das Licht wird uns verraten!«

»Wenn der Schütze noch da sein sollte, weiß der doch sowieso, dass wir hinter dem Felsen sind. Außerdem muss ich nach der Schusswunde sehen!« Randy zückte ein Taschenmesser und klappte es auf.

»Was hast du vor?«, mischte sich Mr Andrews ein, der sich von seinem Schreck erholt hatte. »Lass mich das lieber machen. Mit solchen Verletzungen ist nicht zu spaßen.«
»Ich weiß, Bill. Ich habe Erfahrungen mit Erster Hilfe«, sagte Randy ruhig. »Bitte lassen Sie mich wenigstens kurz nachschauen, wie schlimm es ist.«
Mr Andrews hielt in der Bewegung inne, ließ Randy jedoch nicht aus den Augen. »Was machst du da?«
»Ja«, stöhnte Justus. »Nimm das Messer weg!«
»Ich muss den Stoff zerschneiden!« Randy deutete auf Justus' Hose.
»Meinetwegen«, presste der Erste Detektiv hervor. Schweißperlen waren auf seine Stirn getreten. Er atmete stoßweise.
»Einer von euch sollte die Umgebung im Auge behalten!«, wies Mr Andrews die Jungen an, während Randy durch den Stoff schnitt.
»Ich mach das schon.« Peter kroch bis zu dem Gebüsch und spähte in den immer dunkler werdenden Wald. Dort war nichts mehr zu sehen. Keine bewegten Schatten, keine Umrisse, nicht einmal Tiere. Er lauschte. Doch so sehr er sich anstrengte, er konnte die feiernden Pfadfinder nicht ausblenden. Sie übertönten jedes Astknacken und jeden Schritt. Falls sich jemand davonschlich, war es unmöglich, ihn zu hören.
»Ich hätte euch nicht in Gefahr bringen dürfen!«, machte sich Mr Andrews Vorwürfe.
»Ach, Dad, dass jemand auf uns schießen würde, konnte doch niemand von uns ahnen.« Bob hielt Randys Lampe und leuchtete ihm. »Und? Kann man etwas sehen?«
Justus ächzte. »Ich sterbe!«
»So schnell geht das nicht«, sagte Mr Andrews. Aber es klang nicht ganz überzeugend.
Peter drehte sich zu Justus und den anderen um. Nach dem

ersten Blick wünschte er, er hätte es nicht getan. »Er verliert viel zu viel Blut!«, würgte Peter hervor. Der Zweite Detektiv konnte zwar mutig sein, wenn es darauf ankam, aber der Anblick von größeren Wunden brachte ihn immer wieder aus der Fassung. Eilig drehte er sich wieder zum Wald. Zwischen den Baumstämmen war alles ruhig. Sogar der Wind hatte sich gelegt.

»Was? Zu viel Blut?«, rief Justus panisch.

»Das kann Peter von da aus gar nicht richtig sehen«, wandte Randy ein.

»Ich finde, dass es viel ist!«, murmelte der Zweite Detektiv.

»Halt du Ausschau nach dem Schützen. Ich kümmere mich schon um Justus«, sagte Randy streng. Er öffnete seine Jacke und riss ein großes Stück Stoff aus seinem T-Shirt. Dann wischte er damit über die Wunde.

»Das ist nicht steril!« Der Erste Detektiv verzog das blasse Gesicht. »Am Ende müssen sie mir das Bein abnehmen!«

»Von mir aus kann das Bein dranbleiben.« Randy beugte sich vor und untersuchte die Wunde. »Es ist nur ein Streifschuss. Vermutlich bist du von einem Querschläger getroffen worden. Die Kugel muss von der Felswand abgeprallt sein und hat dich dann erwischt.«

»Und jetzt?« Bob zwang sich, ruhig zu bleiben und sich nicht von all dem Blut verrückt machen zu lassen. Es reichte, dass Justus ungewöhnlich aufgeregt war und Peter sich von der Nervosität anstecken ließ.

»Die Wunde ist nicht tief«, stellte Mr Andrews erleichtert fest. »Und wenn sie gut versorgt wird, ist Justus in ein paar Tagen wieder fit. Aber er muss so bald wie möglich zu einem Arzt, bevor sich etwas entzündet.«

»Wir müssen Randys Mutter anrufen! Und den Sheriff oder die Parkverwaltung, oder wer sich sonst um solche Vorfälle kümmert!« Bob nahm seinen Rucksack ab und begann, nach seinem Handy zu suchen. Randy schnaubte verdrossen. »Wenn du glaubst, dass man hier unten am Fuße des Berges auch nur den geringsten Empfang hat, dann hast du dich aber gewaltig geschnitten.«

»Hast du vielleicht eine Signalpistole dabei oder ein Funkgerät?«

»Nein, tut mir leid.« Randy lehnte sich an den Felsen. »Ich habe ein Funkgerät zu Hause. Aber das habe ich bei der ganzen Aufregung total vergessen. Ich fürchte, uns bleibt nur eine Möglichkeit. Einer von uns muss zurück zum Kiosk laufen und Hilfe holen. Dort gibt es ein Telefon.«

»Dann lass uns aber wenigstens zehn Minuten warten!«, wandte Peter ein. »Ich möchte dem Schützen nicht direkt in die Arme laufen.«

Die Wartezeit fühlte sich wie eine Ewigkeit an. Justus stöhnte leise vor sich hin.

»So schlimm ist es gar nicht«, versuchte Peter, sich selbst Mut einzureden.

»Hast du eine Ahnung!« Justus schnaufte. »Das sind die schlimmsten Schmerzen, die ich je hatte!«

»Denk an etwas Schönes!«

»Mir fällt nichts ein«, antwortete Justus stur.

»Soll ich dich bewusstlos schlagen?«

»Schön, dass wenigstens du deinen Humor behalten hast«, gab der Erste Detektiv unwirsch zurück.

»Lasst uns losgehen!« Randy stand auf und spähte in den Wald. »Mindestens einer von uns sollte aber hier bei Justus bleiben.

»Das mache ich«, bot Bob an. »Wartest du mit uns, Dad?«

Mr Andrews wirkte unschlüssig, vermutlich, weil er sich ver-

antwortlich fühlte und nun keine falsche Entscheidung treffen wollte. Aber Randy hatte sich bereits entschieden. »Ich gehe mit Peter zurück.«
»Seid vorsichtig!«, mahnte Mr. Andrews. »Wer weiß, ob der Schütze noch im Wald unterwegs ist!«

Die Nacht hatte sich endgültig über das Tal gesenkt. Peter konnte kaum die Hand vor Augen erkennen. Wäre nicht der Lärm der Pfadfinder gewesen, hätte er nicht einmal ansatzweise gewusst, in welche Richtung sie gehen mussten. Aber trotz der Kinderstimmen mussten Randy und Peter immer wieder die Taschenlampen einschalten, um sich zu orientieren. Peter war dabei nicht gerade wohl zumute. Wenn er den Lichtkegel vor sich über den Boden huschen ließ, fühlte er sich schutzlos. Jetzt konnte der Schütze ihn aus der Finsternis beobachten, ohne selbst gesehen zu werden.
Soweit das Gelände es zuließ, gingen die Jungen daher im Dunkeln. Nach zwanzig Minuten lichtete sich der Wald etwas. Hier und da schimmerte das blasse Mondlicht zwischen den Kiefern hindurch und warf unheimliche Schatten. Jedes Mal, wenn ein Windstoß durch die Äste fuhr, eine Eule aufflog oder eine Fledermaus durch die Luft huschte, zuckte Peter zusammen. Aber er durfte sich nicht verrückt machen. Randy und er mussten so schnell wie möglich den Kiosk erreichen, um Hilfe zu holen. Und dann würde sich die Polizei darum kümmern, die Angreifer dingfest zu machen!
Der Zweite Detektiv war erleichtert, als sie endlich die grüne Holzhütte erreichten, in der Randys Onkel seinen Kiosk hatte. Um diese Zeit war geschlossen, aber zum Glück hatte Randy einen Schlüssel. Hastig öffnete er die Tür. »Ich mache die Anrufe.«
»Okay.« Peter beobachtete den Platz mit den Tischen, der

nun im schwachen Licht einer kleinen Laterne verlassen dalag. Da bemerkte er zwei Lichter, die immer näher kamen. Ein Wagen! Peter drängte sich näher an die Holzwand der Hütte. Wer wollte um diese Zeit zum Kiosk?

Erst, als das Auto ein paar Meter entfernt hielt, konnte Peter erkennen, dass es ein Einsatzwagen der Park Ranger war. Kurz darauf stieg Ranger Thornton aus. Er wirkte nervös und steuerte ohne Umweg den Waldrand an.

»Warten Sie!« Peter lief auf den Ranger zu. Dieser fuhr abrupt herum. Das Licht seiner Taschenlampe blendete den Zweiten Detektiv.

»Meine Güte, hast du mich erschreckt, Junge!«

»Bitte entschuldigen Sie, Sir.« Peter hob einen Arm vor das Gesicht.

Thornton senkte die Lampe. »Schon gut! Ich muss in den Wald. Jemand hat herumgeballert und ich muss nachsehen, ob es Verletzte gibt.«

»Sie wissen davon?« Peter stutzte. »Mein Freund wurde getroffen! Ungefähr einen knappen Kilometer von hier, bei einem flachen Felsen. Randy ist schon dabei, Hilfe zu holen. Die Leute von YOSAR müssten jeden Moment anrücken.«

»Wurde dein Freund schwer verletzt?«, fragte der Ranger mit heiserer Stimme.

»Nein, es ist nur ein Streifschuss.«

»Himmel sei Dank!« Der Mann atmete auf. »Die ganze Geschichte ist auch so schon schlimm genug.«

»Was ist denn passiert?«

Der Ranger seufzte. »In der Marmot Lodge lebt ein geistig behinderter Junge. Er hat ein Gewehr gefunden und ist damit in den Wald gegangen. Wir haben ihn schon einmal dabei erwischt, wie er auf den Half Dome geschossen hat. Er glaubt, dass der Berg böse sei. Vor einer knappen halben Stunde haben wir ihn an der Straße gefunden – mit dem Gewehr in der Hand. Er stammelte etwas davon, dass er im Wald einen Menschen getroffen hätte.«

»Mom und ihre Kollegen kommen sofort!« Randy trat aus dem Kiosk. »Ranger Thornton!«

»Randy!« Der Mann sah den Jungen vorwurfsvoll an. »Wie oft erkläre ich in meinen Vorträgen, dass man nachts nicht durch die Wildnis streift! Du als Einheimischer solltest das eigentlich wissen!«

»Jemand hat auf uns geschossen!«, entgegnete Randy. »Das gehört ja nun nicht zu den üblichen Gefahren, die einem im nächtlichen Wald begegnen.«

»Es war Steven!«, rief Peter. »Stell dir vor, er wollte auf den Half Dome schießen und hat dabei Justus getroffen.«

»Steven?«, fragte Randy ungläubig.

»Er sitzt hinten im Wagen. Sobald die Rettungskräfte hier sind, fahre ich ihn in die Lodge.«

Peter und Randy blickten zu dem Jeep. Tatsächlich konnten sie den Umriss eines Menschen auf der Rückbank ausmachen. Eines Menschen, der sich nervös vor- und zurückwiegte.

Ranger Thornton seufzte. »Ich werde den Vorfall melden müssen. Bitte behandelt die Information solange vertraulich. Ich möchte nicht, dass es Klatsch gibt. Tara Finn hat auch so schon genug Probleme!«

Schlaflos im Yosemite Valley

Obwohl es bereits auf Mitternacht zuging, herrschte in der Lobby der Marmot Lodge ein reges Treiben. Kaum einer der Gäste war zu Bett gegangen. Immerhin kam es nicht alle Tage vor, dass Menschen mit Schussverletzungen in der Lodge abstiegen, während der Schütze ein Stockwerk darüber eingesperrt war.

Tara Finn saß auf einem Sessel neben dem offenen Kamin und starrte ins Feuer. Auf ihren Wangen zeichneten sich deutliche Tränenspuren ab. Randys Mutter saß neben ihr und redete leise auf sie ein. Mr Andrews sprach gerade mit Ranger Moss und Ranger Thornton über die Ereignisse des Abends. Vermutlich erhoffte er sich dadurch nicht nur weitere Informationen, sondern auch die Gelegenheit, der Touristin mit den braunen Zöpfen zu entgehen. Die konnte ganz offensichtlich auch nicht schlafen und unterhielt sich mit dem älteren Ehepaar.

Zu den wachen Gästen zählten auch die zwei Männer, die am Nachmittag den Vortrag von Ranger Thornton besucht hatten. Dem Aussehen nach schätzte Justus, dass es sich um Brüder handelte. Beide waren überdurchschnittlich groß, einer musste sogar die Zwei-Meter-Marke überschreiten. Sie standen eng zusammen und tranken eine goldgelbe Flüssigkeit, in der Eiswürfel klimperten. Ein dritter, kleinerer Mann, der ebenfalls ein Glas in der Hand hielt, hatte sich zu ihnen gestellt.

Justus selbst saß in einem Sessel und hatte das verletzte Bein hochgelegt. Die Leute von YOSAR hatten ihn drei Stunden zuvor zu der kleinen Krankenstation gebracht, wo man seine Wunde versorgt hatte. Wie Randy gesagt hatte, war die Verletzung nicht weiter schlimm gewesen. Es war vor allem darum gegangen, die Wunde gründlich zu säubern. Der Arzt hatte Erde, Tannennadeln und kleine Steinchen aus der Wunde entfernt, sie desinfiziert und Justus dann eine Spritze gegen Tetanus gegeben. Außerdem hatte der Erste Detektiv ein Schmerzmittel bekommen.

»Das ist ja wirklich eine unglaubliche Geschichte!« Die Frau mit den Zöpfen setzte sich neben Justus. »Die Texte im Katalog haben wirklich nicht übertrieben: Ein Besuch in Yosemite ist unweigerlich ein großes Abenteuer.«

»Ich hätte auf dieses Erlebnis gern verzichtet«, gab Justus matt zurück. Das Schmerzmittel wirkte, aber es machte ihn müde.

»Das kann ich mir vorstellen«, sagte die Frau mitfühlend. »Ich bin übrigens Ginette Georgianis.«

»Justus Jonas.«

»Bist du auch zum Bergsteigen hier?«

»Nein«, erwiderte der Erste Detektiv. Er gab sich große Mühe, höflich zu klingen. Aber eigentlich wollte er nur noch ins Bett. Tara Finn war so freundlich gewesen, ihm ein freies Zimmer zu geben. Justus hatte zunächst protestiert, aber Mrs Finn wollte die Tat ihres Sohnes so weit wie möglich wieder gutmachen. Und Mr Andrews war ebenfalls überzeugt davon, dass es besser war, wenn Justus die Nacht nicht im Zelt verbrachte. Die Aussicht auf das weiche Bett war sehr verlockend. Dennoch dachte Justus wehmütig an seine Freunde und Randy, die in diesem Augenblick vermutlich im Zelt lagen, redeten und Spaß hatten.

»Ich bin ja zum ersten Mal hier«, plapperte Ginette Georgianis munter weiter. »Nach meiner Scheidung habe ich mich entschlossen, mehr für mich zu tun. Und nun bin ich hier.« Sie lächelte. »Ich möchte auf den Half Dome steigen.«

»Ach«, sagte Justus matt.

»Ganz alleine. Die Larssons waren auch schon oben.« Sie deutete auf das ältere Ehepaar. »Zumindest bis zur Hälfte. Mrs Larsson hat sich nicht getraut, an den Drahtseilen aufzusteigen.«

»Verständlich«, murmelte Justus.

»Aber ich habe keine Angst. Und Mr Kent und Mr Kent sind auch der Meinung, dass ich meine Träume leben sollte.«

»Mr Kent und Mr Kent?«

»Ja, das sind die Brüder mit den grauen Haaren, die dort am Tisch stehen. Beides Geschäftsmänner, die hier mal etwas ausspannen wollen.«

»Geschäftsmänner«, wiederholte Justus müde. Langsam wurden seine Augenlider schwer. Der Raum verschwamm vor seinen Augen. In seinen Ohren summte es leise. Was immer man ihm in der Krankenstation gegeben hatte: Es war ein ganz schöner Hammer!

»Ja, genau.«, redete Ginette Georgianis weiter. Justus' einsilbige Antworten schienen sie nicht zu stören. »Die Kents kommen aus Missouri.«

»Tja.«

»Und den dritten Mann kenne ich nicht. Der hat nie Zeit zum Reden. Ich glaube, er ist auch einer von diesen Geschäftsmännern, die mal etwas Ruhe brauchen. Heute hat doch jeder Zweite von denen Burn-out. Du weißt schon, wenn die so gestresst sind, dass sie nicht mehr arbeiten können.«

»Burn-out ist mir durchaus ein Begriff«, gab Justus zurück. Er fühlte sich auch gestresst. Aber nicht von der Arbeit, sondern von Ginette Georgianis.

»Bist du denn das erste Mal in Kalifornien?«

»Nein, ich lebe hier.«

»Hier?«, rief sie entzückt. »Im Valley?«

»Nein, in Südkalifornien.«

»Etwa in Los Angeles?«
»In der Nähe.«
»Herrlich!«, sagte sie voller Überzeugung. »So eine Großstadt muss unglaublich aufregend sein.«
Justus setzte sich stöhnend auf. »Mrs Georgianis, ich bitte um Verzeihung, aber ich muss nun wirklich ins Bett gehen.«
»*Miss* Georgianis, bitte! Ich bin doch geschieden. Endlich.« Sie seufzte. »Aber da rede und rede ich, und du musst dich von deinen Strapazen erholen.« Sie lächelte und sah sich im Raum nach einem neuen Opfer um. Ihre Wahl fiel auf die Geschäftsmänner, die gerade eine Redepause machten. »Gute Nacht, Junge, und gute Besserung!« Sie stand auf und ging zu den drei Männern hinüber.
Justus atmete erleichtert auf. Dann beschloss er, wirklich ins Bett zu gehen. Zwar konnte es sein, dass er ein wichtiges Gespräch verpasste, aber er konnte die Augen beim besten Willen nicht mehr offen halten. In knappen Worten wünschte er Mr Andrews eine gute Nacht und humpelte dann auf sein Zimmer.

»Wenn jetzt noch ein einziges Schiff in See sticht, drehe ich durch!« Peter zog den Schlafsack bis über die Ohren. Es half nichts. Die Pfadfinder im nächstgelegenen Camp hatten sich entschlossen, der Popmusik aus den anderen Camps etwas entgegenzusetzen. Mit mehreren Gitarren und vereintem Gesang nahmen sie den Kampf auf. Trotz der starken Akzente waren die einzelnen Worte klar und deutlich zu verstehen. Viel zu deutlich, wenn es nach Peters Meinung ging. Das Stück über das Meer und die Fahrt in die weite Ferne dauerte nun schon über sechs Minuten. Der Zweite Detektiv hatte gequält verfolgt, wie der Leuchtzeiger an seiner Uhr unerbittlich kreiste.

Der Wind wehte die Stimmen zu ihnen herüber. Endlich endete das Lied mit einem schallenden, italienisch-französisch-russisch angehauchten »A-oi, das Schiffe fährrte weiterrre!«. Doch bevor sich einer der drei auch nur ansatzweise freuen konnte, setzte auch schon das nächste Stück ein: »Go West!«

»›Life is peaceful there‹? Ich kann bei diesem Lärm kein Auge zutun«, beschwerte sich Randy. Da Justus in der Marmot Lodge übernachtete, hatte er dessen freien Platz im Zelt der drei ??? übernommen. »Hat einer von euch Watte dabei? Die würde ich mir gern in die Ohren stopfen.«

»Nein. Aber vielleicht geht das auch mit Gummibärchen!«, überlegte Peter. Er zog eine Packung aus seinem Rucksack.

»Igitt!« Randy winkte ab. »Die schmelzen nachher und dann bekommt man das nie wieder aus dem Ohr raus.«

»Erdnussflips?«

»Die krümeln so.«

»Irgendwann müssen die doch heiser sein«, murmelte Bob.

Doch die Pfadfinder wurden nicht heiser. Dafür wurden die Lieder immer länger und – zumindest nach Bobs Empfinden – auch noch lauter. Als eine kleine Gruppe amerikanischer Pfadfinder ganz in ihrer Nähe zu patriotischer Höchstleistung auflief und die Nationalhymne schmetterte, wünschte Bob sich eine tiefe, traumlose Ohnmacht.

Peter hingegen schaffte es, irgendwann zwischen dem ›frühen Licht der Morgendämmerung‹ und der ›Heimat der Tapferen‹ abzuschalten. Im Halbschlaf zog der Tag an ihm vorüber wie ein Film. Die Rettungsaktion, der Vortrag über die Gefahren des Parks, ihr Ausflug in den Wald, die Schüsse, dann die schattenhaften Gestalten zwischen den Bäumen.

Merkwürdig, dachte Peter. Diese Schatten … Aber bevor er länger darüber nachdenken konnte, war er auch schon eingeschlafen.

Der Wahrheit auf der Spur

Justus hatte schlecht geschlafen. Immer wieder war er aufgewacht. Die Wunde pochte und langsam kroch ein Gefühl wie Muskelkater den Oberschenkel hinauf. Vollkommen gerädert stand er auf. Mit dem Verband konnte er nicht duschen. Daher machte er Katzenwäsche, zog sich an und humpelte in den Frühstücksraum. An einem sonnigen Platz am Fenster saßen Bobs Vater und Randys Mutter. Mr Andrews winkte Justus zu sich.

»Ich habe Jeanne zum Frühstück eingeladen. Möchtest du dich nicht zu uns setzen?«

»Ja, klar. Ich hole mir gerade was!« Justus schnappte sich ein Tablett und begutachtete die Auswahl. Das Frühstücksbuffet in der Marmot Lodge entschädigte Justus definitiv für die unruhige Nacht. Neben frisch gebackenen Brötchen, Cornflakes, Waffeln, Haferbrei und Pfannkuchen gab es Rührei, Obstsalat, Speck, Würstchen und vieles mehr. Der Erste Detektiv belud sich den Teller bis zum Rand.

»Du hast anscheinend großen Hunger.« Jeanne konnte sich ein Grinsen nicht verkneifen, als Justus sein Tablett abstellte. Justus räusperte sich. Sein Appetit war ihm eher unangenehm. Mr Andrews schien das zu bemerken. »Möchtest du Kaffee?« Justus zögerte. Kaffee mochte er nämlich nur mit viel Milch und noch mehr Zucker – also so, dass der Kaffeegeschmack kaum noch vorhanden war.

»Ich nehme lieber Milch«, entschied er sich, auch wenn Kaffee erwachsener gewesen wäre.

Während Bobs Vater nach dem Milchkrug griff, sah sich Justus im Raum um. Wie alle Zimmer in der Lodge war auch der Frühstücksraum rustikal eingerichtet. An den Wänden hingen Gemälde von Jagdgesellschaften, Bergen und Wäldern. Das ältere Ehepaar war gerade mit dem Frühstück fertig. Die zwei hochgewachsenen Geschäftsmänner aus Missouri hingegen waren gleichzeitig mit Justus gekommen und hatten sich einen Platz neben dem Buffet gesucht. Der dritte Mann, der am Vorabend bei ihnen gestanden hatte, war nicht da. Auch Miss Georgianis schien zum Glück noch zu schlafen. Dafür saß ein asiatisch aussehendes Pärchen an einem Tisch neben der Tür.

»Arme Tara«, sagte Jeanne. »Sie hat es wirklich nicht leicht. Weißt du, ihr Mann ist beim selben Rettungseinsatz ums Leben gekommen wie mein Mann. Seitdem muss sie sich allein um die Lodge und ihren behinderten Sohn kümmern.«

»Keine leichte Aufgabe«, bestätigte Mr Andrews.

»John Thornton kümmert sich, so gut es geht, um sie und Steven«, sagte Jeanne. »Das ist der Ranger, der hier die Vorträge hält. Er und Tara sind seit einem Jahr ein Paar.«

Da Justus sich grundsätzlich nicht für das Liebesleben von anderen Menschen interessierte, wechselte er das Thema: »Läuft Steven denn oft allein in der Gegend herum?«

Jeanne nahm einen Schluck Kaffee, dann antwortete sie langsam: »Ja, das ist bislang nie ein Problem gewesen. Er ist hier im Tal aufgewachsen und kennt sich aus. Der Busfahrer vom Valley Shuttle nimmt ihn auf seiner Runde manchmal mit und setzt ihn am Spielplatz oder beim Kiosk ab. Steven hat drei oder vier Lieblingsplätze, die er jeden Tag besucht. Aber es ist auch schon vorgekommen, dass er sich ein paar Schritte in den Wald getraut hat. Natürlich hat es dann Ärger mit Tara gegeben.«

»Das erklärt aber noch nicht die Tatsache, dass er bewaffnet unterwegs gewesen ist«, sagte Justus nachdenklich. »Auch frage ich mich, wo er das Gewehr herhatte.«

»Unten im Keller ist ein alter Waffenschrank, der noch aus der Zeit von Taras Großvater stammt. Tara bewahrt den Schlüssel dazu an der Rezeption auf. Steven muss ihn in einem unbeobachteten Moment an sich genommen haben. Und dann hat er ein Jagdgewehr aus dem Schrank geholt.«

»So ist es. Stevens Mutter hat die Waffe bereits identifiziert«, erklärte Mr Andrews.

Justus schnitt nachdenklich ein Brötchen auf. »Aber das würde ja bedeuten, dass Steven mit der Waffe im Bus gefahren ist! Danach muss er ausgestiegen sein, das Gewehr entsichert haben und zielstrebig in Richtung Half Dome gelaufen sein.«

»Es scheint so«, stimmte Jeanne zu.

»Vielleicht sollten Peter, Bob und ich mal mit dem Busfahrer reden«, überlegte Justus laut. Weiter kam er nicht, da Miss Georgianis den Raum betrat.

»Oh nein«, flüsterte Mr Andrews. »Hoffentlich setzt die sich an einen Einzeltisch!«

Doch das Schicksal hatte kein Erbarmen mit den dreien. Kurz darauf kam die Frau mit den braunen Zöpfen zielstrebig auf sie zu, fragte »Darf ich?« und stellte, ohne die Antwort abzuwarten, ihren Teller so schwungvoll ab, dass ein paar Melonenstücke auf das bunte Tischtuch purzelten. »Heute fahre ich zu den Tuolumne Meadows«, erzählte sie, bevor auch nur einer von ihnen die Gelegenheit hatte, ihr einen Guten Morgen zu wünschen. »Und morgen kommt dann der Half Dome dran. Mein Ex-Mann hat ja mal …« Und so ging es weiter, bis Justus, Mr Andrews und Jeanne aufgegessen hatten und sich so höflich wie möglich verabschiedeten.

Es dauerte nicht lange, bis Peter, Bob und Randy ihre Fahrräder vor der Lodge abstellten. Justus erwartete sie bereits auf der breiten Veranda.

»Wir haben den Bus verpasst!«, sagte er gleich nach der Begrüßung.
»Na und?«, sagte Peter verblüfft.
»Wir müssen mit dem Busfahrer sprechen. Wegen Steven.«
»Wenn wir die Abkürzung nehmen, erwischen wir ihn an den Yosemite Falls. Da ist eine Bushaltestelle.« Randy machte auf dem Absatz kehrt.
»Dann kann ich nicht mit«, sagte Justus zerknirscht. »Ich darf mit der Wunde keinen Sport machen.«
Daraufhin erlaubte Mr Andrews Bob, den Wagen zu nehmen. Er würde den Tag über eh mit Jeanne im Hubschrauber unterwegs sein und ihn nicht benötigen.
»Viel Spaß und fahrt vorsichtig«, sagte Mr. Andrews.
Bob lenkte den Wagen auf den Parkplatz vor den Yosemite Falls. »Schade, dass jetzt im Herbst nur ein dünnes Rinnsal runterläuft«, stellte Peter fest.
»Wir sind nicht wegen der Sehenswürdigkeiten hier«, sagte Justus.
»Sind wir doch«, entgegnete Peter. »So haben wir es jedenfalls vor unserer Reise abgemacht.«
»Meinetwegen, dann sieh dir den Wasserfall an – oder besser das, was davon übrig ist. Ich halte so lange Ausschau nach dem Bus. Der müsste laut Plan nämlich gleich kommen.«
Tatsächlich fuhr kurz darauf der grün-weiße Bus mit der Aufschrift »Yosemite Shuttle« ein. Fünf Leute stiegen aus, alle mit Kameras um den Hals. Justus blieb in der geöffneten Tür stehen und sah zum Busfahrer hinauf. Es war ein Mittfünfziger mit schütterem Haar, Brille und einem unübersehbaren Bauchansatz.
»Dürfen wir Sie kurz etwas fragen?«
Der Busfahrer nickte. »Kein Problem, steigt ein.«
»Aber unser Auto steht hier«, begann Bob.

»Das macht nichts.« Randy stieg die Stufen hoch. »Das Shuttle fährt von hier aus über die Stationen Camp 4 und Yosemite Lodge und kommt dann wieder hier an.«
»Was kostet denn so eine Fahrt?«, wollte Bob wissen.
»Nichts«, sagte der Busfahrer, während er den Bus zurück auf die Straße lenkte. »Das gehört zum Service vom Yosemite National Park. Aber was wollt ihr jetzt wissen?«
»Es geht um Steven«, erklärte Randy. »Den behinderten jungen Mann aus der Marmot Lodge.«
»Ich weiß schon, wer Steven ist. Er fährt ja fast täglich mit mir – meistens bis zur Haltestelle ›Stable‹. Da ist die Ranch mit den Maultieren. Oder bis zu ›Happy Isles‹.«
Randy horchte auf. »Von dort geht es zum Waldwanderweg und zum Half Dome!«
»Ist Steven gestern am frühen Abend dort ausgestiegen?«, wollte Justus wissen.
Der Busfahrer überlegte kurz. »Nein, gestern ist er nur vormittags mitgefahren. Bis zum Kiosk.«
Justus hielt sich fest, als der Bus in eine Kurve fuhr. Sein Bein begann wieder zu schmerzen. »Hatte er da zufällig ein Gewehr dabei?«
»Ein Gewehr?«, fragte der Busfahrer entgeistert. »Aber nein! Was sollte er denn damit?«
»Er könnte die Waffe bereits Tage zuvor im Wald versteckt haben«, raunte Peter den anderen zu. »Oder er ist mit dem Ding zu Fuß zum Wald gelaufen.«
»Zu Fuß?« Justus schüttelte den Kopf.
Der Erste Detektiv bemerkte, dass sie bereits auf dem Rückweg waren. Der Bus steuerte wieder auf das Felsmassiv mit den Yosemite Falls zu. Eilig fragte er: »Ist Steven denn in der letzten Zeit öfter bei ›Happy Isles‹ ausgestiegen?«
»Ab und zu. Wisst ihr, Stevens Vater ist auf dem Half Dome

ums Leben gekommen. Der Berg muss den Jungen beeindrucken und zugleich gruseln. Vielleicht will er deshalb immer wieder nachschauen, ob dort alles in Ordnung ist.« Der Busfahrer bog in die Haltebucht »Lower Yosemite Falls« ein. »Da sind wir wieder. Ich hoffe, ich konnte euch helfen.«

»Ja, vielen Dank!« Die drei ??? und Randy verabschiedeten sich und stiegen aus.

Justus ließ sich auf eine Parkbank sinken. »Etwas stimmt nicht an der Geschichte von Thornton.«

»Stimmt.« Bob setzte sich neben seinen Freund. »Steven saß noch auf der Veranda, als wir zum Wald gefahren sind. Er hätte es nie vor uns zu den Klippen geschafft.«

»Es sei denn, jemand hätte ihn im Auto mitgenommen und am zweiten Parkplatz abgesetzt«, überlegte Randy. »Der liegt etwas weiter nördlich.«

»So muss es sein!« Peter sah auf seine Uhr. »Wollen wir zum Kiosk fahren? Ich verhungere gleich!«

Justus blieb sitzen. »Glaubt ihr, dass Steven samt dem Gewehr per Anhalter gefahren ist?«

»Nicht wirklich. Steven hat Angst vor fremden Menschen«, fiel Randy ein. »Er würde nie zu jemandem ins Auto steigen, den er nicht richtig gut kennt.«

»Dann hat ihn entweder ein guter Bekannter mitgenommen oder Thornton lügt. Wie man es auch dreht: Irgendjemand verheimlicht etwas!«

Beim Kiosk von Randys Onkel Jack bestellten sie Hamburger, Pommes und Limonade.

»Ich muss dich bitten, deine Beobachtungen mit uns zu teilen, Zweiter«, sagte Justus, während er sich an den grünen Holztisch setzte, den die Jungen in Beschlag genommen hatten. »Jedes Detail kann von Bedeutung sein.«

»Was für Beobachtungen?« Peter biss herzhaft in seinen Hamburger.
»Du hast gestern nach den Schüssen im Wald doch den Beobachtungsposten eingenommen«, sagte Justus ungeduldig. »Hast du da etwas gesehen? Vielleicht Steven, der davongerannt ist?«
Peter leckte Senf von seinen Fingern. »Da waren Schatten …« Er stutzte. »Mehrere Schatten! So, als ob da zwei Leute im Wald waren, vielleicht auch drei. Sie waren etwas weiter weg und ich konnte im Zwielicht nichts Genaues erkennen.«
»Zum Zeitpunkt der Schüsse waren also mehrere Menschen in der Nähe der Felsplatte.« Justus starrte hoch konzentriert in seine Limonade. »Entweder Steven und mindestens eine weitere Person, oder zwei bis drei Personen … ohne Steven.«
»Vielleicht waren das Pfadfinder«, überlegte Peter. »Die hatten gestern auch schon so mörderische Gesänge drauf.«
»Können wir mit Steven reden? Er muss uns doch sagen können, wie er zum Wald gekommen ist. Und auch, ob er dort alleine war«, wandte sich Bob an Randy. »Du scheinst ihn doch recht gut zu kennen.«
»Wir könnten Tara fragen, aber ich fürchte, dass Steven sich momentan nicht aufregen darf.«
»Mrs Finn hat ihn auf seinem Zimmer eingeschlossen und lässt ihn DVDs gucken«, erklärte Justus. »Heute Morgen hat sie schon wieder geweint. Sie fürchtet, dass er in ein Heim muss. Aber bislang ist keine endgültige Entscheidung gefallen. Die Park Police war auch noch nicht da. Dabei sollte man meinen, dass die sich sofort um einen solchen Fall kümmern.«
»Die Ranger wollten sich der Sache annehmen«, meinte Randy.
Peter sah zum Half Dome hoch. »Ich wüsste nur zu gern, was es mit dem bösen Berg auf sich hat.«

»So langsam glaube ich wirklich, dass die Gegend verflucht ist.« Randy seufzte. »Erst die vielen Unfälle im Sommer, dann die Blutflecken im Wald und jetzt das!«
»Ich glaube nicht an Flüche«, sagte Justus.
»Aber sämtliche Vorfälle hängen mit dem Half Dome zusammen«, gab Bob zu bedenken.
»Nicht alle«, warf Randy ein. »Der Unfall gestern war am El Cap und im Sommer verteilten sich die Unglücksfälle über das gesamte Valley und die Umgebung.«
»Aber Steven wollte zum Half Dome und die Schüsse fielen ebenfalls am Fuß des Bergs.«
»Gut, dass wir rechtzeitig vor dem Ding gewarnt wurden!«, sagte Peter. »Sonst wäre ich da ganz arglos hinaufgewandert. Bob und ich haben uns sogar extra diese Genehmigungen übers Internet geholt.«
»Ohne die darf man den Half Dome über den Hauptweg auch nicht besteigen«, stimmte Randy zu. »Zumindest am Wochenende. Dann ist da nämlich ständig Stau am Steilhang. Und bei dem Gedränge kommt es regelmäßig zu Unfällen. Aber jetzt im Herbst ist alles entspannter.«
»Darf man denn das ganze Jahr hochsteigen?«
»Theoretisch schon. Aber ab November ist es definitiv nicht zu empfehlen. Nächste Woche werden schon die Stahlseile für den Winter abgenommen.«
»Da seht ihr es! Das Wetter ist bestimmt nicht mehr geeignet für eine Tour«, erklärte Peter. »Und meine Ausrüstung ist eh nicht gerade grandios. Die Küstenberge bei uns sind nicht so anspruchsvoll. Also lasst uns ruhig etwas anderes unternehmen.«
»Ihr würdet dann aber eine einmalige Wanderung verpassen!« Randy wischte sich den Mund mit einer Papierserviette ab.
»Die verpasse ich gern«, sagte Bob. »Ich habe mir schon mal

bei einem Bergunfall das Bein gebrochen. Und wenn ich den Half Dome so angucke, ist das kein Sonntagsspaziergang. Außerdem haben wir ja jetzt unseren Fall.«

»Schade«, meinte Randy. »Ich war dieses Jahr noch nicht auf dem Berg und das Wetter ist einigermaßen stabil.«

»Gibt es nicht ungefährlichere Kletterstrecken?« Peter sah unschlüssig drein. »Vielleicht so ein netter, harmloser Aufstieg, an einem netten, harmlosen Berg?«

»Willst du ein sportliches Abenteuer erleben oder eine Weichspüler-Tour für Kleinkinder machen?« Randy sah den Zweiten Detektiv herausfordernd an.

»Na ja …«

»Warmduscher!«

»Ich bin nur vorsichtig!«

»Ich doch auch«, lenkte Randy ein. »Wir teilen den Aufstieg einfach ganz vernünftig in eine längere Wanderung und einen kürzeren Kletter-Teil auf. »

Peter zögerte. »Du willst wirklich auf den Berg? Nach allem, was … ich meine, wo dein Vater doch …« Er traute sich nicht, den Rest des Satzes auszusprechen. Doch Randy hatte ihn auch so verstanden.

»Mein Vater hat das Bergsteigen geliebt. Deshalb hat er den Job doch überhaupt gemacht. Wenn ich ihm irgendwo nahe bin, dann auf den Gipfeln der Yosemite-Berge.«

»Aber …«

»Nichts ›aber‹!« Randy gab Peter einen Knuff gegen den Oberarm. »Komm, das wird lustig. Außerdem können wir so das Waldgebiet von oben in Augenschein nehmen. Vom Gipfel aus eröffnet sich eine vollkommen neue Perspektive – vielleicht auch auf den Fall.«

Peter sah zu seinen Freunden. »Was meint ihr?«

»Wir haben doch gerade über den Half Dome gesprochen«,

sagte Justus. »Wenn er tatsächlich etwas mit dem Fall zu tun haben sollte, wäre es gut, sich dort umzuschauen.«

»Also, ich bleibe lieber im Tal. Einer muss ja bei unserem Ersten bleiben«, beschloss Bob.

»Dann gehen wir zu zweit«, sagte Peter zögerlich.

»Prima!«, freute sich Randy. »Dann müssen wir morgen aber bei Sonnenaufgang aufbrechen. Die Wanderung dauert zwölf bis vierzehn Stunden.«

Peter ließ erschrocken den zweiten Hotdog sinken, in den er gerade hatte beißen wollen. »Zwölf bis vierzehn Stunden!«

Justus grinste zufrieden. »Was bin ich froh, dass ich eine gute Ausrede habe!«

Ein rätselhafter Anruf

»Was ist, wenn wir nicht mit Steven sprechen dürfen?«, fragte Peter, als Bob den Wagen vor der Marmot Lodge parkte.
»Dann fahren wir noch mal zum Wald«, entschied Justus. »Ich möchte mich dort sowieso genauer umsehen.«
»Ja«, meinte nun auch Bob. »Mit etwas Glück finden wir die Kugeln, die der Schütze auf uns abgefeuert hat. Dann können wir überprüfen, ob sie wirklich zu dem Gewehr aus dem Waffenschrank gehören.«
Randy nickte. »Vielleicht gibt es sogar Fußspuren!«
»Falls die Spuren nicht schon längst beseitigt wurden – so wie die Blutflecken«, wandte Peter ein.
»Es ist tatsächlich gut möglich, dass die Spuren bereits beseitigt wurden«, überlegte Justus laut. »Ich gehe davon aus, dass die Ranger die Park Police benachrichtigt haben. Die werden sich vor Ort umgesehen und die Geschosse sichergestellt haben.«
Tara Finn stand an der Rezeption. Sie sah müde aus. »Wollt ihr zu Mr Andrews? Der ist schon vor zwei Stunden mit Jeanne losgefahren.«
»Nein, Madam«, antwortete Justus. »Wir würden gerne mit ihrem Sohn sprechen.«
»Mit Steven?« Ihre Stimme zitterte leicht. »Das geht nicht. Ich bin froh, dass er die Nacht über einigermaßen ruhig war.«
»Hat er Ihnen denn etwas erzählt?«, hakte Bob vorsichtig nach. »Vielleicht etwas über irgendwelche ›Leute, die töten‹?«
»›Hier leben Jene! Und sie töten.‹« Sie schloss die Hände so fest zu Fäusten, dass ihre Knöchel weiß wurden. »Das hat er immer wieder gesagt. Aber mehr habe ich aus ihm nicht herausbekommen.«

Bob betrachtete ein vergilbtes Gemälde, auf dem ein Jäger einem Bären gegenüberstand. »Woher weiß Steven, wie man ein Gewehr bedient?«
Tara Finn zuckte hilflos die Achseln. »Ich habe keine Ahnung. Steven durfte nie an den Waffenschrank. Vielleicht hat er im Fernsehen gesehen, wie man Waffen entsichert. Ich hätte aufpassen müssen. Selbst nachmittags laufen manchmal Sendungen, die nicht gut für Steven sind.«
»Mach dir keine Vorwürfe, Tara«, sagte Randy freundlich. »Es ist ja niemand zu Schaden gekommen.« Mit einem Blick auf den Ersten Detektiv fügte er hinzu: »Jedenfalls nicht lebensbedrohlich.«
»Ich werde auch keine Anzeige gegen Steven erstatten«, versprach Justus.
»Danke.« Tara Finn zwang sich zu einem Lächeln. »Wenn du möchtest, kannst du gern noch eine Nacht hierbleiben. Mit der Verletzung solltest du nicht zelten.«
»Machen Sie sich bitte keine Umstände. Sie benötigen das Zimmer doch sicherlich für Gäste.«
»Die Sommersaison ist vorbei. Insofern brauchst du dir wirklich keine Gedanken zu machen.«
Justus bedankte sich bei Tara Finn und drehte sich zu seinen Freunden. Über Bobs Schulter hinweg machte er dabei eine Entdeckung, die ihm das Blut in den Adern gefrieren ließ. Fast hätte Justus laut »In Deckung!« gerufen: Miss Georgianis steuerte, beladen mit einem riesigen Rucksack, geradewegs auf sie zu. »Ich gehe jetzt los. Wisst ihr, ich werde oben auf der Hochebene übernachten. Der Ranger hat mir netterweise gesagt, wo man campen darf. Morgen werde ich dann über die Drahtseile hochgehen.«
»Wollen Sie nun doch nicht klettern?«, fragte Mrs Finn erleichtert. »Eine gute Entscheidung.«

»Nicht hinauf«, verkündete Miss Georgianis. »Auf dem Rückweg will ich mich über diesen Snake Dings abseilen. Das soll ja nicht so schwer sein.«

»Snake Dike«, berichtigte Randy.

»Klingt auch nicht gerade ungefährlich«, meinte Peter.

»Es geht«, gab Randy Auskunft. »Das ist der Weg über die Südwestwand. Nichts für Wanderer, aber für Bergsteiger mit Ausrüstung eine eher einfache Strecke.«

»Das stimmt!«, bestätigte Miss Georgianis und brach in einen erneuten Redeschwall aus. Tara Finn nahm unterdessen ihren Zimmerschlüssel entgegen und hängte ihn ans Schlüsselbrett.

»Ich wünsche Ihnen einen guten Aufstieg«, sagte sie, als ihr Gast endlich eine Pause machte.

»Danke, Mrs Finn. Morgen Abend bin ich wieder da. Und dann werde ich viel zu erzählen haben!«

»Viel Spaß«, murmelte Peter. Als die Frau außer Hörweite war, fügte er hinzu: »Ich hoffe, wir begegnen ihr unterwegs nicht.«

»Keine Sorge«, antwortete Randy. »Wir machen es genau umgekehrt: Wir gehen über den Dike hoch und über die Stahlseile wieder runter. Und wenn wir sie oben auf dem Gipfel treffen sollten, sagen wir, dass wir es eilig haben, um rechtzeitig zum Abendessen wieder im Tal zu sein.«

Randy und die drei ??? wollten schon in den Wagen steigen, als Jeannes Einsatzwagen vor der Lodge hielt. Mr Andrews stieg aus.

»Hi, Dad«, rief Bob. »Gar nicht im Hubschrauber unterwegs?«

»Heute Nachmittag nicht«, erklärte Mr Andrews. »Ich habe heute doch noch einen wichtigen Termin in Wawona und bräuchte das Auto, um unabhängig zu sein. Ihr könnt von hier aus den kostenlosen Bus zurück zum Camp nehmen.«

Dann sah er Justus an. »Ich glaube nicht, dass es dir guttut, die ganze Zeit herumzulaufen. Der Arzt hat doch gesagt, dass du das Bein die nächsten Tage schonen sollst.«
»Aber wir …«, setzte Justus an.
»Deine Tante macht mir die Hölle heiß, wenn du einbeinig zurückkommst. Also, marsch zurück in die Lodge. Wenn du unbedingt draußen sein willst, kannst du dich auf die Sonnenterrasse setzen.«
»Dann müssen wir ohne dich in den Wald«, sagte Peter verdrossen zu seinem Freund.
»Der Wald ist erst mal verbotenes Gebiet«, sagte Mr Andrews streng.
»Steven ist doch auf seinem Zimmer. Uns kann nichts passieren«, wandte Bob ein.
»Sagen wir mal so: Ihr habt euer detektivisches Gespür und ich habe mein journalistisches Bauchgefühl. An diesem Vorfall stimmt etwas nicht. Also haltet euch bitte von dem Waldgebiet am Fuß des Half Dome fern.« Er zog die Augenbrauen hoch und sah Bob durchdringend an. »Ich meine das ernst!«
»Schon gut«, sagte Bob zerknirscht.
Auch Randy und Peter sahen alles andere als begeistert aus.
»Was sollen wir denn jetzt machen?«, fragte Bob, als sein Vater abgefahren war.
»Wir fahren zu mir und holen die Bergsteigerausrüstung«, schlug Randy vor.
»Und dann solltet ihr euch Ranger Thornton vornehmen«, sagte Justus. »Mir ist nach wie vor schleierhaft, was er in der ganzen Angelegenheit für eine Rolle spielt!«

Justus ärgerte sich. Direkt vor seiner Nase lief etwas Geheimnisvolles ab und er konnte nichts tun, als in der blassen

Herbstsonne zu sitzen. Nach einer Stunde auf der Terrasse war ihm so kalt, dass er beschloss, auf sein Zimmer zu gehen. Dabei kam er an den Telefonzellen vorbei. Sie standen links um die Ecke von der Lobby in einem spärlich beleuchteten Flur und sahen sehr altmodisch aus. »Der Handy-Empfang muss hier sehr schlecht sein, sonst hätte man die sicher längst abgebaut«, dachte Justus. Insgesamt waren es drei Kabinen aus dunklem Holz, die statt einer Tür einen schweren Samtvorhang hatten. Sie erinnerten Justus an Beichtstühle. Seit seiner Abreise vor zwei Tagen hatte er sich nicht zu Hause gemeldet. Tante Mathilda und Onkel Titus warteten bestimmt schon auf einen Anruf.

Justus wechselte bei Mrs Finn ein paar Dollar in Quarters um. Mit den Münzen in der Hand betrat er die mittlere Kabine. Das Telefon hatte noch eine Wählscheibe! Justus setzte sich auf eine schmale, mit Samt gepolsterte Holzbank, wählte die Nummer des Schrottplatzbüros und hatte tatsächlich kurz darauf seine Tante am Apparat. Er erzählte ausführlich von der Anreise und dem Park, ließ die Schusswunde aber lieber außen vor. Als das Geld knapp wurde, verabschiedete er sich und hängte auf.

Danach blieb er auf der Bank sitzen. Sein Bein tat ihm gerade zu weh, um die Treppe zu seinem Zimmer hinaufzugehen. Außerdem konnte er im Zwielicht der Telefonzelle genauso nachdenken wie auf seinem Bett. Er lauschte. Aus dem oberen Stockwerk drang die Stimme von Steven zu ihm – zwar gedämpft, aber dennoch verständlich: »Hier wohnen Jene! Und sie töten! Pst! Still! Es schläft! Es schläft nicht. Doch. Nein. Doch. Doch. Böse!«

Es war deutlich: Steven hatte Angst. Nur, wovor? Und warum? Wer schlief und durfte nicht geweckt werden? Und wer um alles in der Welt waren »Jene«?

Ein Geräusch riss den Ersten Detektiv aus seinen Gedanken. Jemand kam über den Flur. In der Nachbarkabine wurde der Vorhang geöffnet und wieder geschlossen. Danach herrschte für kurze Zeit Stille – bis auf Stevens monotone Sätze. »Hier wohnen Jene! Hier wohnen Jene! Böse!«

Dann wurde in Kabine neben Justus eine Nummer gewählt. Jemand räusperte sich. »Hallo?«, erklang eine Männerstimme. Der Erste Detektiv konnte sie nicht zuordnen.

»Louis hier.«

War das einer der Kent-Brüder? Oder der asiatisch aussehende Mann? Sprach der akzentfrei?

»Ja, ich kümmere mich darum«, sagte der Mann gerade ungnädig. »Aber es geht nicht so schnell. Wir müssen alle Abläufe aufeinander abstimmen. Da kann ich nicht voreilig handeln.« Er machte eine Pause. Offenbar sprach nun jemand am anderen Ende der Leitung. Der Mann machte ab und zu ein »Hmhmm«, ein »Ja« oder ein »Aha«. Dann erst sagte er: »Wir bringen es morgen zu einem Abschluss.« Wieder folgte eine Pause. Dann fügte er hinzu: »Die Presse wird die Story nur allzu gierig aufnehmen. Schlechte Nachrichten verkaufen sich doch um einiges besser als gute. Und ein Journalist ist bereits hier.« Erneut eine Pause. »Nein, der noch nicht. Nur ein Typ aus Los Angeles … Ja, sicher! … Auch darum kümmere ich mich. Ich habe bereits drei Leute engagiert. Ich bin bei dem Projekt dann direkt vor Ort.« Der Mann räusperte sich ungeduldig. Dann fuhr er fort: »Vertrauen Sie doch bitte einfach meinem Plan!«

Was immer der Plan war, der Teilnehmer am anderen Ende schien nicht überzeugt zu sein. Es dauerte eine ganze Weile, bis der Mann in der Nachbarkabine wieder zu Wort kam. Jetzt klang er empört. »Durchgedreht? Ich bin ganz und gar nicht durchgedreht! Wir können diese Entscheidungen doch nicht dem Zufall überlassen. Oder ein paar Geizkragen, die von der Materie keine Ahnung haben! Mir ist durchaus bewusst, was hier auf dem Spiel steht!«

Leise Stimmen näherten sich aus dem Eingangsbereich. Der Mann sprach nun gehetzter. »Ich muss aufhören. Wirklich. Ich melde mich, sobald es Neuigkeiten gibt … Ja, Sir. Auf Wiederhören.«

Justus rührte sich nicht vom Fleck. Was hatte er da eben gehört? Der Anfang hätte noch zu einem Gespräch unter Geschäftsleuten gepasst, aber nicht der Teil mit der Presse und den schlechten Nachrichten! Von welchem Plan hatte der Mann geredet? Justus musste herausfinden, wer von den Gästen der Lodge gesprochen hatte – ohne dabei selbst gesehen zu werden. Der Vorhang der Nachbarkabine wurde aufgezogen. Vorsichtig beugte sich der Erste Detektiv vor. Jetzt bloß keine unüberlegte Bewegung machen!

Die Bank knarrte leise unter Justus' Gewicht. Seine Finger griffen nach dem grünen Samt des Vorhangs. Er würde ihn nur ein winziges Stück verschieben. Gerade genug, um hinausspähen zu können. Justus hielt den Atem an. Eine schmale Gestalt verließ den Flur gerade in Richtung Lobby: der Mann, der in der Nacht zuvor mit seinem Drink bei den Brüdern aus Missouri gestanden hatte. Das angebliche Burn-out-Opfer. War Louis sein Vorname oder sein Nachname?

Mit einigem Sicherheitsabstand folgte Justus dem Mann in die Lobby. Der Erste Detektiv sah, wie er die Lodge verließ und auf dem Parkplatz in einen dunkelblauen Wagen stieg. Zu dumm, dass er nicht wusste, wohin er fuhr! Das Kennzeichen konnte Justus auf die Entfernung auch nicht entziffern.

»Ist alles in Ordnung?«, fragte Tara Finn.

»Äh, ja«, murmelte Justus. Dann humpelte er zum Empfangstresen. »Können Sie mir mehr über – Mr Louis sagen?«

Sie sah ihn entschuldigend an. »Ich nehme die Privatsphäre meiner Gäste ernst.«

»Kein Problem. Ich habe ihn wohl auch nur mit jemandem verwechselt«, redete sich Justus heraus. Dann ging er langsam auf sein Zimmer. Es lag im ersten Stock, gleich neben den Privaträumen von Tara Finn und ihrem Sohn. Daher konnte er durch die Wand hören, was dort geschah. Steven schien einen Trickfilm zu sehen.

»Gleich hab ich dich! Gleich hab ich dich!«, verkündete eine elektronisch verzerrte Stimme.

»Niemals!«, tönte es zurück. »Nimm das! Und das!« Es klang, als würde jemand eine Bratpfanne gegen einen Gong schlagen. Irgendwann ertönte die Abspannmusik, in der von einer raffinierten Hühnerbande und einem dummen Fuchs gesungen wurde. Danach lief Werbung. Zwischen Versprechen wie »Mehr Saugkraft!«, »Mit extra vielen Vitaminen!« und »Das sauberste Weiß aller Zeiten!« hörte Justus auch Stevens Stimme. Offenbar wurde er wieder unruhiger. Immer wieder erklang sein »Jene! Hier leben Jene!« Ein Stuhl wurde hin- und hergerückt. Etwas schepperte. Steven ging es nicht gut. Justus musste Mrs Finn Bescheid geben! Das konnte für ihn bei seinen Ermittlungen auch nur von Vorteil sein. So schnell sein verletztes Bein es zuließ, eilte der Erste Detektiv die Treppen hinunter ins Foyer.

»Steven!«, rief er, noch im Laufschritt. Unmittelbar darauf biss er die Zähne zusammen – sein Bein rächte sich für die Belastung mit Schmerzen.

Als Tara Finn ihn sah, ließ sie schlagartig den Stift los, den sie in der Hand gehalten hatte. »Steven? Was ist mit ihm?«

»Ich glaube er hat Angst und es hört sich an, als würde er Möbel umwerfen.«

»Um Himmels willen!« Sie sah sich hektisch um. »Wo sind

nur die Mitarbeiter, wenn man sie braucht? Justus, könntest du mir einen Gefallen tun?«

»Aber sicher, Madam!«

»Jemand aus der Küche soll herkommen und mich am Empfang vertreten. Am besten Jesse, der junge Mann mit den roten Haaren.«

»Ich hole ihn!«, versprach Justus. Unverzüglich steuerte er den Flur an, der zu den Wirtschaftsräumen führte. Doch er humpelte betont langsam. Als Taras Schritte verklungen waren, eilte er umso schneller zum Tresen zurück. Er musste sich beeilen. Wenn einer der Mitarbeiter oder ein Gast ihn am Computer erwischte, würde er große Probleme bekommen. Zum Glück war der Computer eingeschaltet. Ein Bildschirmschoner mit einer Fotoshow war angesprungen. Justus bewegte die Maus. Sofort erschien ein graues Feld mit der Aufforderung, ein Passwort einzugeben. Der Erste Detektiv kannte sich hervorragend mit Computern aus. Passwörter zu knacken war für ihn nur eine Frage der Zeit, aber jetzt hatte er lediglich einige Minuten. Er unterdrückte einen Fluch und probierte das Naheliegende: »Steven«. Zu seiner großen Erleichterung verschwand der Kasten und gab ihm die Sicht auf den Desktop frei. Hastig klickte Justus das Buchungsprogramm der Lodge an. Unruhig trat er dabei von einem Bein aufs andere. Seine Wunde brannte. Aber er ignorierte den Schmerz. Endlich konnte er die Suchfunktion aufrufen. Er gab das Stichwort »Louis« ein.

»Na bitte«, sagte er leise, als der Eintrag zu einem Alexander Louis erschien. Das Eincheck-Datum stimmte. Ohne weiterzu lesen, wählte Justus die Schaltfläche »Drucken« und atmete tief durch. Hinter ihm erklang ein Rattern. Innerlich zählte Justus von zehn abwärts. Er war gerade bei fünf angekommen, als urplötzlich jemand an den Tresen trat.

Der Mann aus San Francisco

»Hallo.« Das asiatische Pärchen lächelte Justus an. »Wir möchten gerne eine einfache Wanderung machen. Nichts Anstrengendes. Ohne Klettern und auch nicht zu lang. Haben Sie da eine Empfehlung?«

»Äh ...« Justus merkte, wie ihm heiß wurde. »Moment.« Er schnappte sich das Blatt, das nun im Auswurf des Druckers lag. Dann kam er um den Tresen herum. Aus den Augenwinkeln sah er den Ständer mit den Broschüren und Flyern. Da musste es doch etwas geben. »Eine einfache Wanderung ...« Er drehte sich vollständig zu dem Ständer. Dort gab es gelbe Zettel, die für Muli-Ritte warben, Fahrpläne für die verschiedenen Buslinien, Werbung für einen Golfplatz in Wawona und ein Blatt mit Informationen über die Schwarzbären. Er wollte schon aufgeben, als er die kleine Broschüre »Wandern im Yosemite Valley – mit Karte und Übersicht der Sehenswürdigkeiten« sah. »Darin sind alle interessanten Wanderungen verzeichnet«, sagte er mit einem zuvorkommenden Lächeln.

»Haben Sie vielen Dank!« Der Mann nahm die Broschüre entgegen. Seine Frau hakte sich bei ihm unter. »Das sehen wir uns mal in Ruhe auf der Veranda an.«

Justus atmete auf. Dann machte er auf dem Absatz kehrt und steuerte die Küche an, um Jesse zu holen.

Randy, Bob und Peter fuhren mit dem Rad bis zu Jeannes Hütte im Yosemite Village.

»Setzt euch – oder steht herum«, rief Randy, als sie das Wohnzimmer betraten. Dann verschwand er in einem kleinen Zimmer. Bob und Peter hörten, wie er in einem Schrank wühlte.

»Tja, dann warten wir mal.« Peter setzte sich schwungvoll auf das schmale Sofa. Ein unerwartetes Knistern ließ ihn hochfahren.
»Pass auf!«, rief Bob.
Peter nahm eine arg zerknitterte Zeitung von der Sitzfläche des Sofas. »Das ist nur so ein Lokalblatt.«
»Jetzt ist es jedenfalls hin.«
»Ach was, das kann man doch noch lesen.«
»Bei all den Knicken?«
»Sieh doch selbst!« Peter drückte Bob die Zeitung in die Hand. »Und wenn nicht, kann man diese enorm wichtige Zeitung ja bügeln.«
»Hab alles.« Randy trat zu den beiden Detektiven.
»Das ging aber schnell.«
»Ich hab die Zeitung da zerknittert«, gab Peter zu.
»Na und?« Randy hob belustigt eine Augenbraue. »Wo ist das Problem?«
Bob schlug die Zeitung auf. Auf Seite zwei prangte ein großes Schwarz-Weiß-Foto einer Pfadfindergruppe. Darunter war ein Interview mit einem Jungen aus Frankreich abgedruckt, der begeistert von den tollen Ausflügen und den nächtlichen Feiern erzählte. Der dritte Detektiv schnaubte und blätterte weiter. Neben einem Horoskop, einem Bericht über die Luchse im Park, Gebrauchtwagen-Anzeigen und einem Artikel über zusätzliche Einsatzhubschrauber und Spezialpiloten für das Helitack-Team gab es auch einen Wetterbericht. Bob studierte ein kleines Niederschlagsdiagramm.
»Nun kommt schon«, sagte Peter ungeduldig. »Da draußen scheint die Herbstsonne!«
»Sonne ist das Stichwort!« Randy trat neben Bob und spähte auf die Wettervorhersage. »Wie soll es denn morgen werden?«
»Am Vormittag leicht bewölkt, im Verlauf des Tages sonnig.

Die Niederschlagswahrscheinlichkeit liegt unter zehn Prozent.«

Randy nahm Bob die Zeitung ab und warf sie zurück auf das Sofa. »Ich würde sagen, das sind perfekte Bedingungen, um auf den Half Dome zu steigen.«

»Ist die Vorhersage denn zuverlässig?« Peter sah skeptisch aus dem Fenster. Nur ein paar kleine, weiße Wolken zogen über den strahlend blauen Himmel. Ohne den Anblick der herbstlich gefärbten Bäume wäre es richtig sommerlich gewesen.

»Der Mann, der den Wetterbericht schreibt, ist auch für die Horoskope verantwortlich«, gab Randy zu. »Aber in der letzten Zeit hatte er eine erstaunlich gute Trefferquote – zumindest, was das Wetter betrifft. Aber wenn es dich beruhigt, frage ich gleich mal Ranger Thornton. Der bekommt seinen Bericht von der Zentrale.« Randy schulterte seinen Rucksack. »Abgesehen davon wollten wir uns den Mann doch eh vornehmen!«

Thornton kam gerade von einer Informationsveranstaltung im Ahwahnee Hotel. In knappen Worten ratterte er einen Wetterbericht herunter, der dem aus der Zeitung glich. Dann stieg er in seinen Jeep.

»Mit den Fahrrädern können wir den nie und nimmer verfolgen«, sagte Peter verärgert. »Lasst uns in die Lodge fahren. Justus wartet bestimmt schon.«

»Und die Sehenswürdigkeiten?«

»Die müssen warten.«

In der Marmot Lodge gab es zwei Computerterminals für Gäste. Sie befanden sich in einem kleinen Aufenthaltsraum, der gleichzeitig Bibliothek, Billardzimmer und Fernsehraum war. Justus nahm vor einem der beiden Rechner Platz und legte den Ausdruck mit den Informationen über Alexander

Louis neben sich auf den Tisch. Bei einem Allerweltsnamen wie diesem würde es nicht ganz einfach sein, an die richtigen Informationen zu kommen. Wenigstens ließ sich mit der Adresse aus dem Computer die Suche eingrenzen.

Alexander Louis kam aus San Francisco. Doch auch die Angabe von Straße und Hausnummer brachte den Ersten Detektiv zunächst nicht weiter. Erst nach längerer Recherche konnte er die Suchergebnisse auf zwei Alexander Louis reduzieren. Der Erste war ein Betriebswirt, neununddreißig Jahre alt, nicht verheiratet und arbeitete für eine Firma namens TraxComp Corporation. Der Zweite war zweiundvierzig Jahre alt, verheiratet, Mitglied in einem Ruderclub und Ingenieur bei Silver Bullet Inc., einer Firma, die Schusswaffen herstellte.

»Na, wenn das kein Volltreffer ist!«, entfuhr es Justus, als er die Seite der Firma aufrief. Noch konnte er sich keinen Reim auf die Zusammenhänge machen, aber es konnte kein Zufall sein, dass im Wald am Half Dome geschossen wurde und offenbar zur selben Zeit ein Ingenieur für Waffentechnik in der Gegend war. Justus wollte gerade mehr über Silver Bullet Inc. herausfinden, als die Brüder aus Missouri hereinkamen. Schnell klickte er das Suchergebnis weg.

»Nur zwei Computerplätze!«, sagte der Kleinere von beiden, der immerhin noch fast zwei Meter groß war. »Das darf doch nicht wahr sein!«

Sein hünenhafter Bruder trat neben Justus. »Nun mach mal Platz für die arbeitende Bevölkerung, Junge.«

»Ich war zuerst hier«, antwortete Justus würdevoll. »Abgesehen davon sollten Sie auch einem Minderjährigen gegenüber den Anstand besitzen, höflich zu fragen, ob die Übergabe des Arbeitsplatzes konveniert.«

»Nun schwing keine großen Reden!« Der Hüne gab sich unbeeindruckt. »Ich muss meine Firmenmails checken.«

»Gewiss.« Justus drehte sich wieder zum Bildschirm. »Wenn ich hier fertig bin, will ich Ihnen nicht länger im Weg stehen – oder besser sitzen.« Er schloss alle Fenster und löschte den Browser-Verlauf. Es war besser, keine Spuren zu hinterlassen. Außerdem gingen die Informationen über Alexander Louis die beiden Geschäftsmänner nichts an. Der Erste Detektiv hatte die Beziehung zwischen ihnen und dem Waffeningenieur aus San Francisco noch nicht durchschaut. Vielleicht machten sie gemeinsame Sache.
»Wenn Sie bitte die Güte hätten, etwas Abstand zu halten. Ich schätze meine Privatsphäre.« Justus fühlte sich von den Männern bedrängt. Einer von ihnen spähte ihm über die Schulter. Hatte er gesehen, was Justus gesucht hatte? Nicht, dass er am Ende noch Verdacht schöpfte!
»Das ist ja wohl die Höhe!«, donnerte der Hüne, trat aber erstaunlicherweise tatsächlich zurück. Rasch beendete Justus seine Arbeit. Dann stand er auf. »Der Computer steht jetzt zu Ihrer Verfügung, Sir.«
Ohne ein Wort zu erwidern, setzte sich der Mann vor den Bildschirm. Justus ging auf die Veranda. Seine Recherche würde er zu einem anderen Zeitpunkt wieder aufnehmen. Er warf einen Vierteldollar in das große Fernglas, das so positioniert war, dass man den Half Dome und seine Umgebung perfekt im Blick hatte. Ein Raubvogel kreiste über dem Wald. An der Straße standen Leute mit Fahrrädern und studierten eine Karte. Sonst war alles friedlich und still.
»Die Ruhe vor dem Sturm!«, murmelte Justus.

Zum Abendessen versammelten sie sich alle im Speiseraum der Marmot Lodge: Die drei ???, Randy, Randys Mutter und Bobs Vater. Nachdem eine Kellnerin ihnen das Essen gebracht hatte, kam auch Tara Finn vorbei.

»Möchtest du dich nicht zu uns setzen?«, fragte Jeanne Chase ihre Freundin.

»Ich kann nicht«, gab Mrs Finn geknickt zurück. »Meine Angestellten kümmern sich zwar um alles, aber ich möchte Steven nicht so lange alleine lassen. John und ich essen gleich oben in der Wohnung mit ihm gemeinsam zu Abend.«

»Was ist nur mit dem Jungen los?« Jeanne sah ihre Freundin mitfühlend an. »So hat er sich doch seit dem Tod seines Vaters nicht mehr verhalten.«

Tara Finn seufzte. »Ich bekomme nichts aus ihm heraus. Dafür malt er wirre Bilder.«

»Hatten die Bilder etwas mit dem Wald und dem Half Dome zu tun?«, fragte Justus, so beiläufig wie möglich.

»Ach, das kann man nicht so genau sagen. Steven malt wie ein kleines Kind.«

»Was konnten Sie denn erkennen?«

»Es kam immer wieder ein Haus vor. Und davor Menschen und Wesen mit mehreren Beinen – vielleicht Monster. Es könnten aber auch Bären oder Mulis sein. Bezeichnend ist, dass er alle Bilder mit wütenden roten Strichen übermalt.«

Justus tat sich nachdenklich Kartoffeln auf. Dann fragte er: »Haben Sie schon mal überlegt, ob Steven mit ›Hier wohnen Jene!‹ nicht das Yosemite Valley im Allgemeinen, sondern die Marmot Lodge gemeint haben könnte?«

Tara Finn blinzelte. »Du meinst im Sinne von ›*Hier*, in der Lodge, leben Jene, die töten‹?«

»Genau, Mrs Finn. Es könnte doch sein, dass er etwas erlebt oder beobachtet hat, was ihm Angst gemacht hat.«

»Aber was hat das mit dem Half Dome zu tun?«, warf Bob ein.

»Tara?« Ranger Thornton trat zu ihnen an den Tisch. Er nickte kurz in die Runde, dann sagte er leise: »Wir sollten Steven nicht warten lassen, Schatz.«

»Recht hat er!« Jeanne Chase lächelte Tara Finn aufmunternd zu. »Familie geht vor! Und verhungern werden wir bei den üppigen Mengen bestimmt nicht.«

Der Anflug eines Lächelns trat auf Mrs Finns Gesicht. Doch dann verschwand er, ebenso schnell, wie er gekommen war. »Ich wünsche euch noch einen guten Appetit!« Angespannt folgte sie Ranger Thornton aus dem Raum.

»Na, bist du dir sicher, dass du noch eine Nacht in der Marmot Lodge schlafen willst?«, fragte Peter den Ersten Detektiv. »Wenn deine Theorie stimmt. Ich meine, wenn hier ›Jene, die töten‹ wohnen. Zum Beispiel Thornton!«

»Wir können ihm aber nichts nachweisen. Außerdem ist er nur ein Mensch, nicht drei.«

»Aber Steven hat ein Haus gemalt! Das muss die Lodge hier sein!«, sagte Peter beharrlich.

»Nicht unbedingt«, warf Randy ein. »Es könnte auch eine der Hütten aus dem Village sein oder die Maultier-Ranch. Außerdem gibt es auch im Wald das eine oder andere Haus. Der Nationalpark gehört zwar dem Staat, aber einzelne Grundstücke sind seit Generationen in Privatbesitz.«

Justus sah von seinem Teller auf. »Was ist mit dem Waldgebiet am Fuß vom Half Dome? Sind dort Häuser?«

»Keine, die noch bewohnt sind. Aber ungefähr einen halben Kilometer von den Klippen und der Felsplatte entfernt stehen die Überreste einer alten Ranch.«

»Tatsächlich?« Justus vergaß vor Aufregung weiterzuessen.

»Ja. Es ist aber nur noch das Haupthaus übrig – und ein ziemlich baufälliger Stall. Der Rest ist weggerottet. Man kommt als Tourist nicht daran vorbei, weil die Wege im großen Bogen drum herumführen.«

»Ein Haus im Schatten vom Half Dome!«

»Da müssen wir morgen hin!«, entfuhr es Bob.

»Ihr erinnert euch hoffentlich daran, was ich über den Wald an diesem Berg gesagt habe«, mahnte Mr Andrews. »Ich weiß, dass ihr gute Detektive seid, aber ich habe hier die Verantwortung für euch drei!« Dann wechselte er abrupt das Thema. »In der Lodge ist heute übrigens ein Journalist von der Washington Post angekommen.«

»Das war zu erwarten«, sagte Jeanne. »Die vielen Unfälle haben immer schon für Aufsehen gesorgt. Und diese Saison war die Presse sehr aktiv. Wir haben viele Berichte gehabt. Wenn die Leute von YOSAR am Dienstag die Unfallstatistiken präsentieren, werden sicherlich noch mehr Presseleute anreisen – ganz zu schweigen von den lokalen Reportern.«

»Von wegen.« Mr Andrews schnitt ein Stück von seinem Steak ab. »Die werden wohl eher alle in Wawona sein.«

»Was ist denn da?«, wollte Peter wissen.

»Die Pressekonferenz, wegen der ich eigentlich angereist bin«, erklärte Mr Andrews. »Ab Montag bin ich offiziell hier. Dann ist der Urlaub vorbei.«

»Als ob du überhaupt Urlaub gemacht hättest.«

»Jedenfalls kommt dann auch ein Fotograf aus Los Angeles. Wir haben beide eine Einladung für eine große Präsentation mit Pressekonferenz bekommen, wenn auch nicht mit dem ganzen Drumherum, das die Kollegen von den ›wichtigen‹ Zeitungen bekommen.« Er schnaubte verächtlich. »Ich kann froh sein, wenn es für uns einen Cocktailgutschein und einen Schlüsselanhänger gibt.«

»Dann lass dich doch lieber bei den YOSARs sehen«, schlug Jeanne vor. »Da gibt es Gratisblöcke mit Half-Dome-Logo und Kugelschreiber.«

Mr Andrews lächelte. »Ich bin nun einmal schon in Wawona akkreditiert. Und ich lasse mir von einem Angeber aus Washington nicht die Storys wegnehmen.«

Sie unterhielten sich noch eine ganze Weile über Pressekonferenzen im Allgemeinen, Hubschrauber, Jeannes Einsätze und die leichtsinnigen Bergsteiger im Park. Als Jeanne anschließend begann, zu erklären, wie die Verwaltung der Rettungsmannschaften aufgebaut war, musste Peter ein Gähnen unterdrücken.

»Wir müssen morgen früh raus, Mom«, kam die Rettung von Randy. »Peter und ich wollen auf den Half Dome steigen.«

»Durch den Wald?«, fragte Mr Andrews sofort.

»Nein«, entgegnete Jeanne an Randys Stelle. »Der Wanderweg führt über Happy Isles seitlich am Berg vorbei und dann von hinten über den flachen Rücken des Half Dome hinauf auf den Gipfel. Es ist eine tolle Tour. Die Jungen sollten sich das nicht entgehen lassen.«

»Gut. Aber passt bitte auf, wenn ihr zu der Strecke mit den Stahlseilen kommt«, sagte Mr Andrews streng.

»Wir nehmen Karabiner mit und klinken uns beim Abstieg ein«, sagte Randy gelassen. »Außerdem soll das Wetter gut werden.«

»Dann geht jetzt besser gleich schlafen«, schlug Jeanne vor. »Ihr solltet noch vor Sonnenaufgang losgehen, damit ihr nicht bei Nacht absteigen müsst. Und fragt bitte noch einen der Ranger nach der Wetterlage!«

»Hey, ich bin ein alter Half-Dome-Hase«, sagte Randy beim Aufstehen. »Da wird schon nichts passieren!«

Jeanne sah ihren Sohn warnend an. »Genau das hat dein Vater auch immer gesagt!«

Am Berg der Gefahren

Als Peter aus dem Zelt kroch, war es noch dunkel – und kalt. Es war so früh, dass selbst auf den Campingplätzen der Pfadfinder Stille herrschte. Einzig das Rauschen und Plätschern des Merced River und das Rufen eines Uhus waren zu hören. Zum ersten Mal kam bei Peter wirklich so etwas wie Naturstimmung auf. Leise verfluchte er die Sänger, die auch dieses Mal wieder bis weit nach Mitternacht von Schiffen, Bergen und Wanderungen gesungen hatten.

»Beeil dich!«, sagte Randy, der bereits seinen Rucksack gepackt hatte.

»Hmhm«, machte Peter schlaftrunken. Er putzte sich die Zähne, fuhr sich mit der Hand einmal durch die Haare, pinkelte hinter eine Kiefer (weil Randy die Toilette belegte) und schlang danach im Stehen eine Banane und einen Müsliriegel hinunter. Auf eine Wäsche an dem kleinen Waschbecken verzichtete er lieber. Das Wasser war kalt.

»Haben wir alles dabei?« Randy, der inzwischen wieder da war, ging die Liste der Sachen durch, die sie brauchten. »Helm, Karabiner, Seile, Wasser …«

»Check«, antwortete Peter zwischen zwei Bissen.

»Sonnenbrille, Stirnlampe, Handschuhe, Abseilachter …«

»Check.«

»Sonnencreme, Kompass, Energie-Riegel, Klemmkeile …«

»Check.«

»Tabletten zur Wasserreinigung, Regencape, Bolzen, Kletterschuhe …«

»Check.«

»Wie wollt ihr das denn alles auf den Berg schleppen?« Bob sah mit halb geschlossenen Augen aus dem Zelt heraus. Bei dem Lärm, den Peter und Randy machten, konnte er nicht schlafen.

»Wir sind gut zwölf Stunden unterwegs, vielleicht mehr«, warnte Randy, der ein paar Haken auf seiner Liste machte. »Da sollte man besser nichts dem Zufall überlassen. Dieses Mal habe ich auch an das Funkgerät gedacht. Zur Not kann ich Mom damit erreichen.«

»Falls wir in einer Notlage überhaupt noch funken können.« Peter schnürte seine Wanderstiefel. »Hör mal, Bob: Für den Fall, dass wir abstürzen, findest du mein Testament in dem Schuber mit den alten Sportmagazinen, links unten im Regal in meinem Zimmer.«

»Du hast ein Testament verfasst?«, fragte Bob ungläubig.

»Ganz im Ernst«, erklärte der Zweite Detektiv. »Wenn man mit dir und Justus Fälle übernimmt, muss man sich ja auf das Schlimmste gefasst machen. Und ich will nicht, dass ihr euch nachher um meine Comics, mein Sportzeug und den Wagen streitet. Außerdem müssen Kelly und Jeffrey ja einen Anteil bekommen und meine Eltern natürlich auch. Manche von den Möbeln kann man bestimmt noch verkaufen. Nur nicht den Schreibtischstuhl. Der ist kaputt.«

»Oh, Peter!« Bob schüttelte den Kopf. »Sieh einfach zu, dass du heute Abend wieder heil zurückkommst, okay?«

»Ich gebe mir Mühe!« Der Zweite Detektiv setzte seinen Rucksack auf. »Bis später! Und grüß Justus von mir.«

Mit den Fahrrädern fuhren Randy und Peter bis Happy Isles, wo der Wanderweg auf den Half Dome begann. Von dort aus ging es über einen leicht ansteigenden Fußweg am Merced River entlang. Der Fluss strömte wild durch ein ausgewaschenes Felsbett mit riesigen Felsbrocken. Er sah so aus, als würde er gleich den einen oder anderen Touristen mit sich ins Tal

reißen. Mit der Zeit wurde der Weg anspruchsvoller und immer steiler. Bald bestand der Boden aus groben, unebenen Stufen, die in den steinigen Untergrund gehauen waren. Als die Sonne aufging, hatten sie den Felspool am Fuß der Vernal Falls erreicht.
»Wunderschön«, sagte Peter. Er wischte sich mit dem Ärmel ein paar Schweißtropfen von der Stirn.
»Aber für all jene, die von da oben heruntergestürzt sind, leider das sichere Ende.« Randy deutete hoch zu ein paar Felsvorsprüngen. »Pass bitte auf, wenn wir seitlich vom Wasserfall aufsteigen. Die Stufen sind schmal und feucht.«
»Gut, dass es nicht regnet! Dann wäre hier alles glitschig«, sagte Peter. Er war froh, dass Randy am Vortag noch den Ranger nach der Wetterlage gefragt hatte.
Sie setzten ihren Weg fort, am Wasserfall vorbei und hoch zu einem länglichen, flachen See. Das Wasser glitzerte in der Morgensonne. Es sah aus wie ein Postkartenmotiv. Störend waren nur die vielen Schilder mit »Schwimmen verboten! Lebensgefahr!«, die rings ums Ufer standen.
»Meine Güte«, sagte Peter, als sie über eine schmale Holzbrücke gingen. »Gibt es hier irgendeinen Ort, der nicht gefährlich ist?«

Pünktlich zum Frühstück erreichte Bob die Marmot Lodge. Justus war schon wach und saß mit einem Kakao auf der Veranda. »Na, bereit für Nachforschungen im Wald?«
»Du hältst dich aber auch an kein Verbot«, gab Bob zurück. »Kannst du denn schon wieder richtig laufen?«
»Kein Problem, die Wunde ist so gut wie verheilt.« Justus stand auf. »Außerdem sollten wir heute im Wald Ruhe haben. Die Pfadfinder machen einen Tagesausflug zum Tioga Pass und fahren dann in den nördlichen Teil des Parks.«

»Woher weißt du das denn nun schon wieder?«
»Ranger Thornton. Ich habe vorhin versucht, ihn in ein Gespräch zu verwickeln. Aber es hat nicht geklappt.« Justus sah auf seine Uhr. »Wollen wir noch etwas essen und dann losgehen?«
Sie nahmen ein eiliges Frühstück im Speisezimmer ein, wechselten ein paar Worte mit Mrs Finn und fuhren dann mit dem Bus zu der Stelle, die in den Wald führte. Randy hatte Justus auf einem Stück Papier die Stelle aufgezeichnet, an der sich das alte Haus befand. Mithilfe ihres Kompasses durften sie es eigentlich nicht verfehlen.
Schweigend wanderten Justus und Bob unter den rötlichen Kiefern entlang in Richtung Half Dome. Nach einer Viertelstunde verließen sie den Weg und bahnten sich eine Schneise durch das Unterholz. Sie kamen an dem flachen Felsen vorbei, fanden jedoch weder dort noch in der Nähe der Klippen Patronen. Außer ein paar kleinen Steinsplittern verriet nichts, dass hier zwei Tage zuvor Kugeln durch die Luft gesaust waren.
»Die Leute von der Park Police haben sich selbst übertroffen«, stellte Bob fest.
»Wenn es die Polizei war, die hier aufgeräumt hat.«
»Egal, wer es war: So können wir jedenfalls nicht herausfinden, ob das Gewehr der Finns wirklich die Tatwaffe war.«
»Das stimmt. Es wäre durchaus von Vorteil für unsere Ermittlungen gewesen, wenn die Kugel in meinem Bein stecken geblieben wäre«, meinte Justus.
»Du bist ein guter Detektiv«, gab Bob kopfschüttelnd zurück. »Aber manchmal übertreibst du deinen Arbeitseifer! Ich bin jedenfalls froh, dass es nur ein Streifschuss war.«
»Es kommt darauf an, aus welcher Perspektive man es betrachtet, aber letztendlich bin ich natürlich auch froh, dass

mein Bein nicht durchlöchert wurde.« Justus stieg vorsichtig über ein paar Äste, die am Boden lagen. »Und dass es noch da ist, wo es hingehört.«

»Ich kann es immer noch nicht fassen, dass du tatsächlich angeschossen wurdest!«

»Statistisch gesehen war es eh nur eine Frage der Zeit, bis das passieren würde. Wir sind schon so vielen Kugeln entkommen, dass die Mathematik einfach nicht auf unserer Seite war.« Der Erste Detektiv rieb sich den Oberschenkel. »Ich fürchte, wir müssen noch ein ganzes Stück gehen.«

»Schaffst du das denn?«

»Wo ein Wille ist, ist auch ein Weg!«

Sie waren einen halben Kilometer in östlicher Richtung gegangen, als Justus plötzlich stehen blieb. »Hier ist erst vor Kurzem jemand gewesen!« Er deutete auf ein paar abgeknickte Äste. »Die Bruchstellen sind frisch, höchstens von gestern.«

»Vielleicht die Park Police.«

»Ja, das mag sein.«

»Schau mal!« Bob bückte sich und deutete auf den Boden, wo die Kiefernnadeln ein merkwürdiges Muster machten. »Sieht aus, als hätte man hier etwas Schweres lang geschleift.«

Justus untersuchte die Stelle genauer. Er hob einige Nadeln auf und betrachtete sie. »Da klebt Blut dran.«

»Vielleicht ist es nur Harz«, sagte Bob hoffnungsvoll. »Oder irgendein Mittel, das die Park Police verwendet hat.« Der dritte Detektiv wusste selbst, wie abwegig diese Theorie war. Aber der Gedanke an ermittelnde Polizisten war um einiges erfreulicher als die Vorstellung, dass sich in der Gegend ein Mörder herumtrieb.

»Lass uns weitergehen«, beschloss Justus nach einer Weile. »Es sieht so aus, als kämen wir hier der Lösung unseres Falls langsam näher.«

»Vielleicht hätten wir Dad Bescheid sagen sollen«, sagte Bob im Gehen.
»Wozu? Er hat uns doch verboten, hierherzukommen.« Justus deutete über ein Gebüsch hinweg. »Da, das muss die verfallene Ranch sein, von der Randy gesprochen hat!«
Unter den rötlichen Mammutbäumen standen zwei uralte Gebäude. Der Stall war beinahe komplett eingestürzt. Das Wohnhaus jedoch, das aus dicken Balken und Feldsteinen erbaut war, machte einen einigermaßen soliden Eindruck. Nur das Dach hatte einige Löcher.
»Und jetzt?« Bob sah sich unschlüssig um. Durch eine Schneise im Wald konnte man ungehindert auf die steile Nordwand des Half Dome sehen. Der Gigant thronte wie ein böses Omen über der Hütte und warf lange Schatten auf das Gelände.
»Wir sehen uns vorsichtig um.« Justus näherte sich dem Gebäude von der Rückseite. Zuerst schlichen sie zum Stall. Dort konnten sie durch ein paar lose Bretter ins Innere sehen. Von den Verschlägen, die es hier einmal gegeben hatte, war nicht mehr viel übrig. Die Trennwände waren umgestürzt. Überall lagen Schindeln, die vom Dach gefallen waren. In einem länglichen Trog moderte Regenwasser vor sich hin.
»Hier ist nichts!«, raunte Bob.
Justus wandte sich zum Haus. »Vor der Hütte ist ein Eingang zu einem Keller!«
Er deutete auf eine mit Steinen eingefasste Falltür im Boden. »Komm Bob, lass uns doch mal schauen, ob sie verriegelt ist.« Er packte den Eisengriff, der erstaunlich blank war, und zog. Scharniere ächzten und Holz knarrte, aber mit etwas Kraft ließ sich die Luke öffnen. Ein dunkles Loch kam zum Vorschein.
»Nicht gerade gemütlich«, sagte Bob beklommen. Auf einmal

fiel ihm Steven ein. Hatte er etwa hier bei dem alten Haus etwas entdeckt, das ihm Angst gemacht hatte? Wohnten hier ›Jene, die töten‹? Dann war es ganz bestimmt keine gute Idee, das Haus zu betreten!

Zaghaft folgte der dritte Detektiv seinem Freund in die fensterlose Dunkelheit. Im Keller war es kühl. Die Luft war feucht, doch es roch nicht nach Moder, sondern nach etwas, das Bob nicht einordnen konnte. Er war süßlich, intensiv und zugleich fremdartig. Eine Fliege summte an Bob vorbei in das schwache Tageslicht, das durch die Luke hereinfiel.

Die beiden Jungen tasteten sich weiter voran, tiefer in den Keller hinein.

Nach ein paar Schritten stieß Bob gegen ein Hindernis. Instinktiv zuckte er zurück. Dann streckte er langsam die Hand aus, um sich in der Dunkelheit voranzutasten. Sie berührte etwas Raues. »Fell!«, flüsterte er erschrocken.

»Ich mache Licht!« Justus kramte hörbar in seinem Rucksack.

»Nicht so laut!«

Der Erste Detektiv schaltete seine Taschenlampe ein. Der Lichtkegel glitt durch den Raum … und offenbarte ein Bild des Grauens.

Gefangen!

Bob unterdrückte einen Schrei. Direkt vor ihm hing ein Reh – mit dem Kopf nach unten. Daneben ein Luchs, ebenfalls an der Decke aufgehängt. Und noch ein Tier. Ein Puma. Das hellbraune Fell war mit rostigen Spritzern bedeckt. Blut.
»Mir wird schlecht«, stieß Bob hervor. Dann eilte er hinauf an die frische Luft. Justus kam kurz darauf hinterher.
»Ich habe sechs Tierkadaver gezählt.«
»Schön für dich.« Bob atmete tief ein und aus. Seine Hände zitterten.
»Sieht so aus, als hätten wir das Versteck eines Jägers gefunden.« Justus schaltete seine Lampe aus. »Besser gesagt, das Versteck eines Wilderers.«
»Meinst du, dass Steven das hier auch entdeckt hat und deshalb so verschreckt war?«
»Der Fund der Tiere würde sein Verhalten zumindest erklären. Und die mysteriösen Blutflecke stehen mit hoher Wahrscheinlichkeit auch mit dem Wilderer oder den Wilderern in Verbindung. Wir gehen ja davon aus, dass es sich um mehrere Personen handelt.«
»Kein Wunder, dass Steven einen gehörigen Schreck bekommen hat. Die toten Tiere waren nicht gerade ein angenehmer Anblick.«
»›Hier leben Jene! Und sie töten!‹«, murmelte Justus. »Damit könnten die Wilderer gemeint sein.«
»Aber warum muss man leise sein? Hier schläft doch niemand?«
»Steven hat vielleicht gehofft, dass die Tiere noch am Leben sind. Oder die Wilderer haben ihm eingeredet, dass sie nur schlafen.«

»Armer Steven. Die Viecher im Keller waren extrem tot, das muss doch selbst er verstanden haben. Garantiert werde ich heute Nacht davon träumen.« Bob verschränkte die Arme. Dann sah er Justus unsicher an.

»Was ist, Dritter?«

»Vielleicht irren wir uns und Steven war es doch. Vielleicht hat er das Wild erlegt? Was meinst du, Just?«

»Ich glaube nicht, dass er etwas damit zu tun hat. Da unten hängt auch ein ausgewachsener Hirsch. Wie hätte er den allein bis zur Hütte schleppen sollen? Außerdem waren die Tiere fachgerecht aufgehängt, so, dass sie ausbluten konnten. Das war ein Jäger, der sich auskennt.« Justus setzte sich auf einen Baumstumpf. »Abgesehen davon hat Peter mindestens zwei Männer gesehen, nachdem ich angeschossen wurde.«

»Also fällt Steven als Einzeltäter aus.«

Justus lehnte sich an einen Baumstamm und knetete seine Unterlippe. »Für Wilderer waren die letzten Tage ideal. Wegen der Pfadfinder war es am Nachmittag so laut, dass man Schüsse aus dem Wald nicht bis ins Tal hören konnte. Abgesehen davon sind die Tiere vor dem Lärm geflohen. Sie mussten auf der Flucht in die höher gelegenen Gebiete hier vorbei und konnten dabei bequem erlegt werden. Nur vorgestern konnten die Jäger erst am Abend losziehen, da die Pfadfinder tagsüber unterwegs waren. In der Stille hätte man die Schüsse bis zur Lodge gehört.«

»Das mag ja alles sein, aber wir müssen dem Park Service Bescheid geben!« Bob drängte zum Aufbruch. »Heute sind die Pfadfinder zwar weg, aber das heißt nicht, dass die Wilderer nicht hierherkommen, um ihre Beute zu bearbeiten.«

»Bearbeiten?«

»Ja, ich meine, das Fell abziehen, oder was man da sonst so macht. Vielleicht wollen die Jäger die Viecher auch ausstopfen – als Trophäen. Die werden ja nicht einfach nur so im Keller hängen.«

»Bevor wir gehen, brauchen wir Beweise. Kannst du Fotos machen?«

»Ungern, aber wenn es nicht anders geht, bitte.« Bob holte seine Kamera aus dem Rucksack. »Was glaubst du, weswegen die auf uns geschossen haben?«

»Im Zwielicht muss einer von denen uns für Wild gehalten haben.«

»So dumm kann man doch nicht sein«, warf Bob ein, während er sich den Riemen seiner Kamera um den Hals legte.

»Es kommt öfter vor, als man denkt«, erwiderte Justus. »Im Jagdeifer zielen die Schützen im Dickicht oft auf die falsche Beute. Wenn dann noch schlechte Lichtbedingungen hinzukommen, werden Hunde, andere Jäger oder Wanderer getroffen.«

»Tolle Schlussfolgerungen, aber wir sollten trotzdem schnell die Fotos machen und dann abhauen.« Bob eilte zu der Bodenluke. Widerwillig fotografierte er die Beute der Wilderer.

»Fertig!«, sagte er matt, als er aus dem Keller stieg. »Wir können gehen.«

»Meinetwegen«, stimmte Justus zu. »Aber wo wir nun schon einmal hier sind, möchte ich vorher wenigstens noch einen Blick ins Haus werfen. Es könnte dort wertvolle Indizien geben.«

Hintereinander schlichen sie sich zu einem der Fenster.

»Kannst du etwas erkennen?«, fragte Bob leise.

»Einen alten Herd, einen umgekippten Stuhl und … einen Schatten!«, stieß Justus hervor. »Jemand ist in der Hütte! Mach ein Foto! Schnell!«

»Aber wer …« Weiter kam Bob nicht. Etwas Dunkles sauste auf ihn herab. Der Schlag erwischte ihn mit voller Kraft am

Kopf. Im Fallen erkannte er noch die groben Umrisse einer menschlichen Gestalt. Dann verlor er das Bewusstsein.

Bob erwachte in vollkommener Dunkelheit. Er lag auf kaltem Steinboden. Sein Kopf dröhnte. »Justus?«

Ein Stöhnen in der Finsternis verriet ihm, dass der Erste Detektiv ganz in seiner Nähe lag.

»Was ist passiert?«

»Jemand hat uns niedergeschlagen«, murmelte Justus benommen. »Aber ich habe sein Gesicht nicht gesehen. Er hatte einen Sack oder einen Umhang um den Kopf gewickelt.«

»Hast du eine Ahnung, wo wir sind?« Bob hatte die Frage kaum ausgesprochen, als ein furchtbarer Verdacht in ihm aufstieg. Die Kälte, die Dunkelheit und der Geruch … Eine Fliege summte um ihn herum.

»Sie haben unsere Rucksäcke nicht weggenommen«, sagte der Erste Detektiv zufrieden. »Und gefesselt sind wir auch nicht. Wahrscheinlich wurden wir nur niedergeschlagen, damit die Männer ungesehen entkommen konnten.«

Bob tastete nach dem Kamerariemen, den er um den Hals getragen hatte. Er stöhnte auf. »Und damit sie die Fotos beseitigen konnten. Meine Kamera ist weg.«

»Darum kümmern wir uns, sobald wir hier raus sind!« Justus knipste seine Taschenlampe an. Der schreckliche Verdacht des dritten Detektivs bestätigte sich: Sie waren im Keller unter dem alten Haus. Eingeschlossen mit all den Tierkadavern.

Justus untersuchte die Falltür. Sie ließ sich nur unter äußerster Kraftanstrengung bewegen. »Die haben von außen etwas Schweres draufgelegt. Steine oder Bretter.«

»Dann kommen wir hier nicht raus!«

»Das würde ich so nicht sagen«, behauptete Justus. »Die Klappe ist aus Holz und ich habe ein Feuerzeug mit.«

»Du willst das Ding abbrennen? Das klappt doch nie und nimmer. Weißt du, wie lange es immer braucht, bis man Grillkohle zum Glühen gebracht hat?«

»Willst du nur herumunken oder mir vielleicht doch helfen?«

Justus leuchtete den Raum aus. Es gab keine Fenster. In einer Ecke stand ein schmaler Tisch mit mehreren Eimern, Messern und einer rostigen Petroleumlampe. »Na bitte! Da ist sogar noch etwas drin!« Der Erste Detektiv bückte sich und zog sich ächzend die Schuhe und dann die Socken aus.

»Was machst du denn da?«, wollte Bob wissen. »Ich würde hier ja nicht barfuß rumlaufen.«

Justus antwortete nicht. Stattdessen tränkte er beide Socken mit der durchsichtigen Flüssigkeit aus der Lampe. Als der Stoff nass war, stopfte er sie in die Spalten zwischen den Holzbrettern der Luke. »Das müsste reichen. Und jetzt trete bitte vom Ausgang weg.«

Wohlbedacht, dabei nicht gegen eines der toten Tiere zu stoßen, wich Bob in den hinteren Teil des Kellers zurück. Justus hob sein Feuerzeug an die Socken. Die Flamme leckte gierig am Stoff und loderte auf. Qualm drang durch den niedrigen Raum. Bob hustete. »Ich hoffe, es klappt! Sonst finden uns die Rettungskräfte in ein paar Tagen geräuchert vor.«

Justus zog das T-Shirt vor den Mund. Der Rauch wurde stärker und biss in Nase und Augen. In kürzester Zeit füllte sich der Raum mit grauem Qualm.

»Das wird nichts!«, rief Bob. Entsetzt wich er zurück, bis er mit dem Rücken gegen die feuchtkalte Steinwand stieß. Er keuchte und hustete. »Wir gehen elendig an einer Rauchvergiftung zugrunde!«

Sprechende Bilder

»Es ist nur eine Frage der Zeit! Ich habe das genau geplant!«, würgte Justus hustend hervor. Endlich hatte das Holz Feuer gefangen. Die glühenden Balken gaben unter der Last nach, mit der man sie beschwert hatte. Hintereinander brachen mehrere große Feldsteine durch das brennende Holz und gaben so ein beachtliches Loch frei. Mattes Tageslicht fiel in dünnen Streifen durch die verrauchte Luft.

»Na bitte!« Justus hustete, wirkte aber sichtlich zufrieden. Er humpelte die Stufen hinauf ins Freie. »Ich wusste doch, dass es klappt.«

»Es hätte auch schiefgehen können«, bemerkte Bob. Dann fügte er hinzu: »Trotzdem bin ich froh, dass du die Luke weggebrannt hast. Die Nacht hätte ich da unten bei den Kadavern jedenfalls nur ungern verbracht.«

Ohne sich weiter in der Gegend umzusehen, machten sich die beiden Freunde auf den Rückweg zur Lodge. Dort wurden sie von einer erstaunten Tara Finn in der Lobby begrüßt. »Du meine Güte, was ist euch denn passiert?« Die Frau sah aus, als wüsste sie nicht, ob sie lachen durfte oder lieber ernst bleiben sollte. »Ihr seid ja ganz schmutzig.«

Bob tastete vorsichtig nach der Beule an seinem Kopf. »Wir hatten eine Begegnung mit ›Jenen, die töten‹.«

Bevor Mrs Finn Fragen stellen konnte, kam Mr Andrews dazu. Er war schlecht gelaunt. »Dieser Kerl von der Washington Post glaubt wohl, dass er mir meine Story über die Unfälle im Yosemite Park wegnehmen kann!«

»Reg dich doch nicht auf, Dad. Dein Artikel wird garantiert ausführlicher. Besser recherchiert ist er auf jeden Fall«, sagte Bob besänftigend.

Mr Andrews musterte seinen Sohn. »Wo um alles in der Welt bist du denn herumgekrochen?« Dann bemerkte er, dass auch Justus mit Staub, Ruß und Erde überzogen war. »Hatte ich dir nicht gesagt, dass du dich ausruhen sollst?«

»Aber …«, setzte Justus an.

»Nichts ›aber‹! Ihr geht jetzt beide auf Justus' Zimmer und macht euch sauber.«

»Und was machst du?«, wollte Bob wissen.

»Ich habe in einer Stunde noch einen Termin mit der Feuerwehr. Wenn ich Glück habe, bin ich vor diesem Wichtigtuer aus Washington da.«

»Wieso hast du Dad nichts von den Wilderern erzählt?«, fragte Bob, als sie frisch gewaschen in Justus' Anziehsachen die Treppen hinunterstiegen.

»Weil der Fall noch nicht gelöst ist!« Der Erste Detektiv strich sich die nassen schwarzen Haare aus der Stirn. »Deshalb sollten wir auf eigene Faust weiterermitteln.«

»Da können wir doch lange suchen.« Bob sah seinen Freund zweifelnd an. »Die Wilderer müssen ja nicht einmal hier aus dem Tal stammen.«

»Es gibt definitiv eine Verbindung zur Marmot Lodge. Hast du die Sache mit Steven vergessen? Und eines der Jagdgewehre stammte immerhin von hier! Dafür musste der Dieb wissen, dass Tara den Schlüssel hinter dem Tresen aufbewahrt«, gab Justus zu bedenken. »Ein Gast könnte zwar mitbekommen haben, dass es hier einen Gewehrschrank gibt. Noch wahrscheinlicher aber ist es, dass der Waffendieb im engeren Bekanntenkreis der Finns zu finden ist!«

»Auch das könnte eine ganze Reihe von Leuten betreffen. Den Koch, die Zimmermädchen, die Kellner oder … He, warte!«

Justus war bereits davongehumpelt und steuerte Taras Tresen an. »Madam, wäre es möglich, dass wir uns Stevens Bilder ansehen?«

»Stevens Bilder?« Sie runzelte die Stirn. »Aber warum denn? Es ist wirklich nur kindliches Gekritzel.«

»Es geht um das, was im Wald passiert ist«, sagte Justus leise. »Wir vermuten, dass Steven mit seinen Bildern etwas verarbeitet, das er gesehen hat.«

»Also, ich weiß nicht, ob wir Steven stören sollten«, sagte Tara Finn zögernd.

»Wir müssen ja gar nicht direkt mit ihm reden.« Justus sah die Frau eindringlich an. »Es reicht, wenn Sie uns die Bilder zeigen.«

»Die Bilder sind oben, bei Steven.«

»Dann gehen wir gemeinsam rauf«, sagte Justus. »Oder Sie holen sie runter.«

»Ich weiß nicht …«

»Bitte, Madam! Geben Sie uns eine Chance, Stevens Unschuld zu beweisen!«

Tara Finn rieb nervös die Handflächen aneinander. »Nun gut, wir können es versuchen.« Sie bat eines der Zimmermädchen, sie am Empfang zu vertreten, dann führte sie die Jungen in den ersten Stock zu den Privaträumen. Bob musste beim Treppensteigen die Jeans raffen, die ihm viel zu weit war. Justus tat es zwar gerade dem Mond gleich und befand sich in der abnehmenden Phase, aber seine Sachen waren dem schlanken dritten Detektiv trotzdem zu groß. Er fühlte sich wie ein Clown. Dabei waren sie kurz davor, ein äußerst wichtiges Gespräch zu führen: Ihnen stand die Begegnung mit Steven bevor. Wie würde er reagieren?

Taras Sohn saß jedoch ruhig auf dem kleinen Sofa im Wohnzimmer und sah die Zeichentricksendung mit den Hühnern und dem Fuchs an. Gerade bauten die Hühner eine riesige Fallgrube. Bob erkannte die Serie. Er hatte sie als Kind manchmal geschaut.

»Stevie, wir haben Besuch!«, sagte Tara Finn sanft.

Steven drehte sich um. Er zeigte auf ein Glas mit durchsichtiger Flüssigkeit. »Die Limonade hat keine Farbe.«

»Ich weiß, mein Schatz. Das ist Zitronenbrause. John hat sie gekauft.«

»Ich mag sie nur in Gelb.«

»Unten in der Küche gibt es bestimmt noch Orangenbrause.«

Mrs Finn ging zu einer Kommode neben dem Sofa und öffnete die oberste Schublade. Sie griff hinein. »Es sind insgesamt zwölf Bilder. Aber seht doch selbst.« Sie hielt ihnen bunt bekritzelte Blätter hin. Bob nahm sie entgegen.

Mit unsicherer Hand hatte Steven ein schräges Haus, krumme Bäume, ein paar krakelige Wesen und Menschen gemalt. Immer in derselben Anordnung.

»Ich glaube, das sollen Monster sein«, erklärte Tara Finn und zeigte auf die Wesen, die senkrecht in der Luft hingen. »Und das sind zwei Menschen und ein Zwerg mit Hut.«

»Oder ein Kind«, überlegte Bob.

»Nein.« Justus schüttelte den Kopf. »Das ist kein Kind. Und auch kein Zwerg. Ich glaube, er ist normal groß.«

»Dann sind die anderen beiden eben Riesen«, meinte Bob.

Die Wohnzimmertür ging auf. Ranger Thornton trat ein. »Hallo!«

Justus musterte den Mann, der seine Umhängetasche auf dem Esstisch abstellte und dann seiner Freundin einen Kuss gab.

Steven drehte sich unterdessen wieder zum Fernseher und wiegte sich nervös vor und zurück. »Pst! Es schläft! Böse! Böse!«

»Wir betrachten gerade die Bilder von Steven.«

»Was wollt ihr denn damit?« Ranger Thornton zog eine Augenbraue hoch. »Große Kunst ist das sicherlich nicht.«
»Das mag sein«, entgegnete Justus. »Aber sie erzählen uns eindeutig eine Geschichte.«
»Ach ja?« Ranger Thornton fuhr sich durch den braunen Bart.
»Sehen Sie diese Wesen, die in der Luft hängen?« Justus deutete auf eines der Bilder. »Das sind Pumas. Vielleicht auch Hirsche. Erlegte Tiere. Darum befindet sich ihr Kopf auch unten und die Beine oben.«
»Tja …« Ranger Thornton sah Justus verwirrt an.
Doch der fuhr unbeirrt fort: »Das Haus hier ist die alte Ranch im Wald, das verfallene Gebäude am Fuß des Half Dome.«
»Wie kommst du denn darauf? Anhand von den fünf Strichen? Es könnte jedes beliebige Haus sein.« Ranger Thornton lachte trocken. »Wenn es überhaupt ein Haus ist.«
»Es ist ein Haus. Steven mag kein Künstler sein, aber das ist nun wirklich eindeutig. Und der Bezug zu der Ranch ergibt sich aus unseren Ermittlungen. Aber kommen wir zunächst zu den Menschen. Die beiden Riesen hier stellen große Männer dar. Man könnte denken, sie hätten sehr lange Arme, aber bei genauerer Betrachtung fällt auf, dass es Gewehre sein sollen. Sie schießen auf die Tiere.«
»Das muss Steven aus dem Fernsehen haben«, sagte Tara Finn besorgt. »Ich fürchte, diese Hühner-Serie ist doch zu gewalttätig! In einer Folge wurde der Fuchs mit Dynamit in die Luft gesprengt und in einer anderen haben sie den Fuchs von einer Klippe geworfen.«
»Dieses Programm mit dem perfiden Federvieh gehört sicherlich nicht zu den Perlen der Nachmittagsunterhaltung, aber ich denke nicht, dass Steven in seinen Bildern die Sendung verarbeitet hat.« Justus deutete auf den vermeintlichen Zwerg. »Dieser Mann hier hat keine Waffe, aber er trägt einen beige-

farbenen Hut und beigefarbene Sachen. So wie Sie, Mr Thornton. Es ist ein Ranger in Uniform.«

»So ein Quatsch!«

»Kein Quatsch«, widersprach Justus. »Auf einem Bild kann man erkennen, dass er einen Bart trägt.«

»Männer mit Bärten gibt es viele. Und ich frage mich nun wirklich, worauf du hinauswillst.«

»Dazu komme ich gleich, Sir«, versicherte Justus in gelassenem Tonfall. »Zunächst würde ich gerne ein paar Vermutungen äußern.«

»Tu, was du nicht lassen kannst.«

»Steven erkundete in der letzten Zeit das Gebiet rund um den Half Dome. Dabei muss er auf die Ranch im Wald gestoßen sein – das Wilderer-Versteck der Kents.«

»Die Kents?«

»Ja, die beiden Brüder aus Missouri, die beiden Riesen. Vielleicht erwischte er sie auf frischer Tat, wie sie eines der Tiere anschleppten.«

»Und das willst du auf dem Bild erkennen? Nun mach aber mal einen Punkt, Junge!«

»Nicht nur auf dem Bild. Vorhin im Wald sind Bob und ich niedergeschlagen worden. Unser Angreifer hat sich vermummt, aber im Fallen konnte ich eine Sache sehr genau sehen: die neuen Wanderstiefel! Genau solche, wie der Größere der beiden Kents sie heute Morgen beim Frühstück trug.«

»Du redest beinahe so wirres Zeug wie Steven«, sagte der Ranger höhnisch.

»Sie wissen, dass das nicht stimmt. Und jetzt lassen Sie mich bitte fortfahren! Steven sah die erlegten Tiere im Keller der alten Ranch. Er sah die beiden Brüder und er sah Sie. Diese Entdeckung muss ihn sehr verstört haben.«

»Was für ein Blödsinn!«, knurrte der Ranger. Justus ging nicht darauf ein. »Sie konnten nicht riskieren, dass Steven seiner Mutter alles erzählte. Also erzählten Sie ihm, dass die Tiere nur schliefen. Und Sie setzen ihn unter Druck!«

»Tot!«, rief Steven vom Sofa aus. Er presste sich die Hände auf die Ohren. »Still! Es schläft!«

Tara Finn brach in Tränen aus.

»Da siehst du, was du mit deinen Behauptungen angerichtet hast!« Ranger Thornton brüllte jetzt. »Das reicht!«

»Nein, ich bin noch nicht fertig, Sir! Ihnen ging nach der Begegnung mit Steven nämlich ein Licht auf. Er war ein unliebsamer Zeuge, aber Sie konnten ihn als Alibi benutzen, falls ihr Plan scheitern sollte.«

»Stimmt«, sagte nun auch Bob. Er hatte bislang schweigend zugehört, merkte aber, worauf Justus hinauswollte. »Sie holten eines der Jagdgewehre aus dem Schrank hier in der Marmot Lodge und gaben es den Kents.«

»Am Freitag nahmen Sie Steven in Ihrem Jeep mit zum Wald«, fügte Justus hinzu. »So konnte er Ihnen nicht in die Quere kommen! Zugleich war er Ihre Absicherung. Und die hatten Sie nach dem Unfall an den Felsen auch dringend nötig!«

»Was redet ihr da?«, fragte Mrs Finn entsetzt. Ihr Make-up war unter den Tränen verlaufen.

»So ist es doch, nicht wahr, Mr Thornton?«, fragte Justus kalt. »Sie wollten schnelles Geld mit illegalen Jagdausflügen verdienen und Sie wollten den Jungen loswerden, der für ihre Freundin wichtiger ist als alles andere.«

Tara Finn schlug beide Hände vor den Mund, dann schluchzte sie: »John, bitte sag, dass das nicht wahr ist.«

»Es ist nicht wahr«, antwortete der Ranger hölzern. Unter seinem Bart hatte seine Gesichtshaut eine rötliche Farbe angenommen.

»Und ob es wahr ist!«, versicherte Justus ruhig. »Wer kam denn sofort in den Wald, als Randy die Blutflecken fand? Wer untersagte uns, die Wege zu verlassen? Wer behauptete, dass er Steven mit dem Gewehr erwischt habe? Wer wollte die Park Police rufen, die bis heute nicht aufgetaucht ist? Und wer würde davon profitieren, wenn Steven in ein Heim käme?«
»Sie, Mr Thornton«, rief Bob.
»Ihr habt doch keinen einzigen Beweis für das, was ihr euch da zusammenreimt!« wehrte sich der Ranger.
»Und ob wir den haben!« Justus deutete auf die Tasche des Rangers. Ein kleiner blau-gelber Zipfel ragte seitlich hinaus. »In Ihrer Tasche befindet sich die Kamera von Bob. Sie haben sie uns weggenommen, als wir bewusstlos waren.«
»Das ist doch keine Kamera …«, fing Thornton an. Doch Tara Finn war bereits vor ihm am Tisch. Ehe er sich's versah, hatte sie den Deckel aufgeklappt. »Tatsächlich, hier ist eine Kamera! John, was hat das zu bedeuten?« Als er schwieg, lief sie zu Steven. »Schatz, hat John dich bedroht? Hat er etwas mit deinen Bildern zu tun?«
Steven wiegte sich nun auffällig stark hin und her. »Hier leben Jene! Und sie töten! Hier leben Jene!« Immer wieder sah er dabei zu Ranger Thornton herüber.
Sie strich ihm über die Haare. »Schatz, niemand wird dir etwas tun! Das lasse ich nicht zu. Du kannst mir alles sagen.«
»Nein. Der Berg ist böse. Er tut Rache machen.«
»Wer sagt das, Steven?«
»Onkel John!«, wimmerte Steven. »Und Jene! Sie wohnen hier. Sie sind riesig! Und die Tiere schlafen. Aber sie sehen ganz traurig aus. Sie haben alle Angst!«
Ganz langsam drehte sich Tara Finn um. Eine steile Zornesfalte war auf ihre Stirn getreten. »Du hast dich bestechen lassen, John? Und du hast meinem Sohn gedroht?«

Ranger Thornton trat einen Schritt zurück. »Ich wollte es für uns tun! Die Marmot Lodge wirft doch im Herbst kaum Geld ab! Du hattest doch immer Angst, dass du das Haus eines Tages schließen musst.«

»Ich verdiene mein Geld lieber mit harter Arbeit!«, fauchte Mrs Finn.

So hatten Justus und Bob die Besitzerin der Marmot Lodge noch nicht erlebt. Das gutmütige Gesicht der Frau wirkte mit einem Mal eiskalt. »An deinem Geld klebt das Blut unschuldiger Tiere! Aber was dich wirklich zu einem Verbrecher macht, ist die Tatsache, dass du meinem Sohn Angst gemacht hast und ihn beschuldigst hast, auf Menschen geschossen zu haben!«

»Du wirst mich doch nicht anzeigen, oder, Liebling?«

Mrs Finn griff zum Telefon. »Doch, genau das werde ich tun. Dich und deine verfluchten Wilderer! Und komm ja nicht auf die Idee, davonzulaufen!«

Aber der Ranger machte keine Anstalten, sich überhaupt vom Fleck zu bewegen. Während Mrs Finn telefonierte, starrte er regungslos auf den Teppich.

»Eine Frage hätte ich dann doch«, sagte Bob schließlich. »Was hat Mr Louis mit alledem zu tun?«

Ranger Thornton sah auf. »Wer?«

»Alexander Louis, der Mann von der Waffenfirma. Er ist ebenfalls Gast hier in der Lodge.«

»Ich kenne keinen Alexander Louis.«

»Wirklich nicht?«

»Nein«, brummte Ranger Thornton.

»Wollen Sie ihn schützen?«, hakte Bob nach. »Hat er Ihnen vielleicht Jagdwaffen verkauft?«

»Zum Teufel, ich weiß nicht, wer das ist! Ich habe die Brüder aus Missouri hier jagen lassen, solange die Pfadfinder herumgelärmt haben. Und ich führe ab und zu andere Jagdpartien in die Wälder. Ich gebe es zu! Aber ich kenne keinen Alexander Louis von einer Waffenfirma.«

»Danke!«, sagte Mrs Finn in diesem Augenblick. Sie legte den Telefonhörer auf. Dann ging sie zum Sofa, wo sich Steven noch immer leicht hin- und herwiegte.

»Alles wird gut, mein Liebling! ›Jene, die töten‹ werden festgenommen. Sie können dir nichts mehr tun.«

Bob grinste. »Nennen wir sie ab sofort doch einfach ›Jene, die demnächst vor Gericht müssen‹.«

In Lebensgefahr

»Schade, dass Peter die Lösung des Falls verpasst hat«, meinte Bob, nachdem die Park Police Ranger Thornton und die beiden Brüder abgeholt hatte.

Tara Finn stand wieder hinter dem Tresen. Sie war noch immer etwas blass um die Nase. Steven hingegen saß gut gelaunt neben ihr und blätterte in seinem Lieblingscomic. Seit der Ranger und die Kent-Brüder in den Polizeiwagen gestiegen waren, war er wie ausgewechselt. Eine tonnenschwere Last war von ihm abgefallen.

Als Justus und Bob in den Aufenthaltsraum zum Computer gingen, konnten sie ihn in der Lobby lachen hören. »Superman ist sehr lustig!«

Der Erste Detektiv lächelte. »Steven scheint es deutlich besser zu gehen. Aber ich denke nicht, dass wir den Fall schon abschließen können. Dieses Telefonat von Alexander Louis lässt mir einfach keine Ruhe!«

»Du hast recht.« Bob sah sich in dem menschenleeren Raum um. »Ich denke, wir sollten noch mal ins Internet gehen. Vielleicht ist dir gestern bei deiner Suche etwas entgangen!«

»Mir doch nicht!«, sagte Justus, aber er klang nicht ganz ernst. Schließlich musste der Erste Detektiv zugeben, dass Bob das Recherche-Ass der drei ??? war. »Dann lass uns mal auf die Suche gehen. Zum Glück sind beide Computer frei.«

Eine ganze Weile arbeiteten sie schweigend. Doch gerade, als Bob seinem Freund etwas sagen wollte, hörten sie einen erschrockenen Ruf in der Lobby: »Rufen Sie die Bergrettung, schnell!«

Justus und Bob eilten sofort aus dem Aufenthaltsraum. Am Empfangstresen stand Mr Louis und gestikulierte wild mit den Armen. »Ich habe draußen auf der Veranda durchs Fernglas gesehen und dann …« Er schnappte nach Luft. »Ein Bergsteiger ist in Not. Das Seil ist gerissen! Am Half Dome! So kommen Sie doch!«

»Es ist Superman! Er kann auf den Half Dome fliegen«, sagte Steven nur und blätterte weiter. Tara Finn hingegen eilte hinter dem Tresen hervor und hinaus auf die Veranda. Dort stand bereits Mr Andrews am Fernglas. Neben ihm war ein Mann eifrig dabei, Fotos zu schießen. »Mist, auf die Entfernung sieht man ja gar nichts!«

»Da ist tatsächlich ein Bergsteiger in Not!« Bobs Vater trat einen Schritt zurück. »Aber jetzt ist das Bild weg.«

»Hat jemand Münzen?«, fragte Tara Finn hastig.

»Ich!« Justus reichte ihr etwas Kleingeld.

Nervös warf Mrs Finn einen Vierteldollar in den Münzschlitz und spähte durch den Sucher. »Jemand hat versucht, sich an der Steilwand abzuseilen. Um Himmels willen! Der steht ja nur auf einem schmalen Sims! Ungesichert! Wenn der auch nur einen falschen Schritt macht, stürzt er fast einen Kilometer tief.«

»Jetzt stehen Sie doch nicht so untätig herum! Rufen Sie diese YOSU-Leute, oder wie die heißen!«, rief Mr Louis, an die Hotelbesitzerin gewandt. »Die sollen den Mann da runterholen.«

Mrs Finn zuckte zusammen. »Ja, natürlich!« Schon war sie verschwunden. Es dauerte beinahe fünf Minuten, bis sie wieder auf die Veranda trat. Der Mann mit dem Fotoapparat war inzwischen zu seinem Wagen gelaufen.

»Das war der Fotograf von diesem Lackaffen aus Washington«, knurrte Mr Andrews.

»Die YOSARs kommen gleich zum Half Dome!«, rief Mrs Finn atemlos. »Und Jeanne leitet den Hubschraubereinsatz.«

»Dann fahren wir auch los!« Schon hatte Mr Andrews seinen Autoschlüssel gezückt.
Sie kamen gleichzeitig mit einem Rettungswagen und einem YOSAR-Jeep bei Happy Isles an. Blaulicht zuckte über die Baumstämme am Rande des Parkplatzes. Rettungskräfte mit gelben Westen liefen umher. Jemand sprach in ein Funkgerät. Kurz darauf tauchte auch der rot-weiße Hubschrauber von Jeanne über den Baumwipfeln auf.
»Wurde auch höchste Zeit!«, schimpfte Mr Louis, der nun zu Mr Andrews und den Jungen trat.
Jeanne steuerte den Helikopter in Richtung Berg, flog dann aber eine Schleife und landete auf einer Wiese.
»Was soll denn das jetzt?«, ereiferte sich Mr Louis. »Da oben spielt die Musik! Das kann doch nicht wahr sein! Was machen die denn da nur?«
»Das wird Mrs Chase uns hoffentlich gleich sagen!« Mr Andrews setzte sich in Bewegung. Justus und Bob folgten ihm. Jeanne stieg gerade aus dem Hubschrauber, ihren schwarzen Helm unter dem Arm. Sie sah gestresst aus. Einer ihrer Leute joggte zu ihr. Sie redeten kurz.
»Mist! Mist! Mist!«, rief Jeanne. Ihre Worte gingen beinahe im Lärm des Rotors unter. »Ich fasse es nicht!«
»Was ist los?«, fragte Mr Andrews, der Jeanne gemeinsam mit Bob und Justus erreicht hatte.
»Pech auf der ganzen Linie!« Sie sah verzweifelt aus. »Eben wurden wir aus dem Nordpark angefunkt. Dort ist ein Waldbrand ausgebrochen. Ausgerechnet dort, wo die Pfadfinder unterwegs sind! Mehrere Jugendgruppen sind vom Feuer eingeschlossen worden. Ein Großteil unserer Leute wurde hinbeordert, um zu helfen.«
»Ein Großbrand?« Mr Andrews schien einen Augenblick überlegen zu müssen, ob er am falschen Ort war.

»Da kommst du eh nicht hin«, sagte Jeanne, als habe sie seine Gedanken gelesen. »Die Straße wird abgesperrt. Da kommen nur noch Feuerwehrleute durch. Keine Journalisten.«
Er räusperte sich. »Also, ich wollte … ach, egal.«
»Und was ist hier nun los?«, wollte Bob wissen. »Ein Hubschrauber und ein Krankenwagen reichen hier doch sowieso aus.«
»An sich schon.« Jeanne sah besorgt aus. »Aber mein Bell macht gerade schlapp. Er hat schon beim Starten komische Geräusche gemacht. Auf dem Flug hierher gab es Probleme mit dem Motor. So kann ich nicht am Berg arbeiten. Der Helikopter muss einwandfrei funktionieren, damit ich das Risiko auf mich nehmen kann. Wenn er abstürzt, bringe ich mich, den Bergsteiger und möglicherweise zahlreiche andere Menschen in Gefahr!«
»Was reden Sie von ›abstürzen‹?« Mr Louis war zu ihnen getreten. »Fliegen Sie los und ziehen Sie Ihr Rettungsprogramm durch! Dafür werden Sie doch bezahlt!«
Jeanne ignorierte ihn. »Ich habe der Zentrale Bescheid gesagt. Sie sollen Verstärkung holen. Aber das kann dauern. Sämtliche Helikopter aus der Gegend sind im Brandgebiet im Einsatz! Waldbrände haben eine besonders hohe Priorität, da sie sich rasant ausbreiten können.«
Mr Louis schnaubte. »Dann *laufen* Sie halt mit Ihren Leuten auf den Half Dome! Ich denke, Sie haben so fähige Bergsteiger in Ihrem Hilfstrupp. Die sind doch in null Komma nix da oben.«
Jeanne warf dem Mann einen bitterbösen Blick zu. »Der Aufstieg über den Wanderweg dauert gut zwölf Stunden und der Weg über die Steilwand kann bis zu achtzehn Stunden dauern. Bis dahin ist der Mann oder die Frau da oben längst abgestürzt!«

Ein Mann, der ein riesiges Fernglas um den Hals hängen hatte und eine gelbe Rettungsweste trug, kam zum Hubschrauber. »Was ist jetzt mit Verstärkung, Chase?«

»Keine Chance. Die sind alle im Nordpark! Feuer geht vor.«

Jeanne zuckte die Schultern. »Wie sicher hängt der Bergsteiger da oben fest?«

»Es ist eine Frau. Aktuell noch bei Bewusstsein. Sie krallt sich an einem Felsstück fest und scheint pausenlos um Hilfe zu schreien. Sobald sie nicht mehr die Kraft hat, sich festzuhalten, oder wenn sich Steine lösen, stürzt sie ab.«

»Wie gut ist sie gesichert?«

»Anscheinend gar nicht. Ihr Seil hängt ein paar Meter neben ihr herunter. Sieht aus, als wäre es gerissen.«

»Müssen wir dann hilflos zugucken, wie sie in den Tod stürzt?«, fragte Mr Louis entgeistert. »Gibt es denn keine anderen Hubschrauber in der Gegend? Meine Güte, Sie werden doch nicht nur das kaputte Ding da haben.«

Jeanne achtete nicht auf ihn. Darum wandte sich Mr Louis an Mr Andrews. »In der Zeitung stand etwas von einer Pressekonferenz in Wawona. Da stellen die doch einen Rettungshubschrauber vor. Kann der nicht kommen? Wawona liegt doch auch hier im Park, nicht wahr?«

»Die Konferenz ist aber erst am Dienstag«, gab Mr Andrews zu bedenken.

»Aber vielleicht haben sie den Hubschrauber schon dort?«, überlegte Bob. »Immerhin müssen die dort alles vorbereiten.«

»Könnte sein. Einige Journalisten sollten ja schon morgen Probeflüge mitmachen.« Er packte Jeanne an der Schulter. »Kannst du das Hotel in Wawona anfunken? Vielleicht haben wir doch noch eine Chance!«

»Freu dich nicht zu früh«, gab sie zurück. »Wer weiß, ob wir da rechtzeitig jemanden erreichen.«

Der Snake Dike hatte sich als anspruchsvolle Strecke erwiesen. Als Peter endlich die letzte Seillänge hinter sich hatte, ließ er sich stöhnend auf den kalten Fels sinken. »Puh, das war ein Aufstieg!« Er war müde, aber zufrieden.
Doch Randy hörte ihm nicht zu. Er stand ein paar Meter von der Stelle entfernt, wo die Nordseite steil abfiel. »Pst!«, machte er.
Nun hörte auch Peter die Schreie, die der Wind zu ihm herüberwehte. Es waren eindeutig Hilferufe.
»Da unten sind Rettungsmannschaften!« Randy öffnete seinen Rucksack. »Etwas ist passiert. Aber der Hubschrauber steht regungslos herum! Da stimmt etwas nicht.«
»Was hast du vor?«
»Ich frage Mom, was los ist.« Randy hielt sein Funkgerät hoch. Schon drückte er einen Knopf und gab einen Funkspruch ab. Es knackte mehrfach im Gerät. Schließlich meldete sich Jeanne. Randy und sie tauschten sich mit knappen Worten aus.
»Und jetzt?«, fragte Peter panisch, als Randy das Funkgerät ablegte.
»Direkt unter uns an der Steilwand hängt eine Frau, vermutlich diese Ginette Georgianis. Sie ist nicht gesichert. Ich seile mich zu ihr ab und sichere sie, damit sie aushält, bis der Ersatzhubschrauber kommt.«
»Schaffst du das denn überhaupt allein?« Peter spähte vorsichtig über die Kante. Ein merkwürdig warmer Aufwind wehte ihm entgegen.
»Gegenfrage: Traust du dir zu, dich an der Steinwand abzuseilen? Wir reden hier nicht über einen Hügel bei euren Küstenbergen! Wir reden hier über die Nordwand vom Half Dome!«
Peter schluckte. Dann sagte er: »Ist mir schon klar. Aber die Frau ist in Lebensgefahr, nicht wahr?«

Randy nickte.
»Okay«, sagte Peter. »Dann komme ich mit.«
Es dauerte eine gefühlte Ewigkeit, bis sie sich gesichert hatten. Der Zweite Detektiv atmete tief ein und aus. Er versuchte, nicht daran zu denken, dass Randys Vater und der Mann von Mrs Finn bei einer solchen Mission ums Leben gekommen waren, hier, an dieser Wand.
Als er über die Granitkante abstieg, begann es in seinem Nacken zu kribbeln. Peter warf einen Blick hinab. Es ging so weit in die Tiefe, dass die Bäume auf dem Felsabsatz unter ihnen wie Spielzeugtannen aussahen. Der Zweite Detektiv schloss kurz die Augen. Er durfte sich nicht verrückt machen. Stattdessen konzentrierte er sich auf die Gestalt, die sich gut zehn Meter unter ihnen an einem Felsvorsprung festkrallte. Es war tatsächlich Miss Georgianis. Und sie schrie aus vollem Halse.
»Die dumme Kuh!«, fluchte Randy. »So wird sie viel zu schnell müde!«
»Ich würde es genauso machen.« Peter suchte einen Halt für seinen linken Fuß. Sein Herz klopfte so stark, dass er es spürte.
»Bleiben Sie ruhig!«, brüllte Randy hinab. »Wir kommen zu Ihnen runter!«
Leider war es nicht so einfach, an die Stelle zu gelangen, an der Miss Georgianis sich festkrallte. Direkt über ihr befand sich ein Schlot, der es beinahe unmöglich machte, sie von oben zu erreichen.
»Wir müssen außen herum!«, rief Randy Peter zu.
Es dauerte eine ganze Weile, bis sie endlich auf einer Höhe mit Miss Georgianis waren. Ihr Gesicht war vor Angst und Erschöpfung gerötet. Peter sah, wie loser Granitstaub auf sie herabrieselte.

»Passen Sie auf, Miss Georgianis!«, sagte Randy. »Peter hier wird zur Sicherheit neben Ihnen warten, bis ich einen Karabiner an Ihrem Gurt festmache. Bitte bewegen Sie sich nicht!«
»Wir stürzen alle ab!«, schrie Miss Georgianis. »Wir werden sterben!«
»Nein«, sagte Peter entschieden. »Das werden wir nicht!«
»Ich kann das nicht! Ich will das nicht!«, wimmerte die Frau. »Der Hubschrauber muss doch kommen!«
Randy ließ sich noch ein Stück herab. »Äh … nicht sofort. Wir sichern Sie erst einmal und dann warten wir auf den Hubschrauber.«
»Was jetzt, Randy?«, fragte Peter.
»Gehe so dicht neben sie wie möglich. Halte einen Arm frei, falls du sie im Notfall greifen musst.« Randy packte das Ersatzseil. »Ich mache es hinten an ihrem Gürtel fest.«
Peter stemmte die Füße gegen den Fels. Dann löste er die Arme vom Seil. Er hing jetzt nur noch in seinem Gurt. Wenn sich die Schlinge löste, wenn sich die Karabiner öffneten, wenn der Gurt nicht hielt … Er schloss erneut kurz die Augen. Es half nichts. Er war schon so weit gekommen, er würde das Ganze zu Ende bringen. »Alles klar?«
»Ich hab sie!«, rief Randy. Dann, an Miss Georgianis gewandt: »Sie können jetzt loslassen!«
»Niemals!«, keuchte sie.
»Vertrauen Sie mir!«
Die Frau schüttelte den Kopf.
Randy seufzte. »Dann bleiben Sie so. Brauchen Sie etwas Wasser? Sind Sie verletzt?«
Sie schüttelte erneut den Kopf.
»Gut, dann warten wir jetzt gemeinsam, bis der Hubschrauber kommt.«
Peter war erleichtert, dass Miss Georgianis nun nicht mehr in

akuter Lebensgefahr schwebte, aber wohl war ihm noch lange nicht zumute. Beklommen sah er sich um. Der Rettungshubschrauber stand wie ein Miniaturspielzeug auf der Wiese, die von oben nicht größer wirkte als ein Handtuch. Von einem Ersatzhubschrauber war weit und breit nichts zu sehen. Dafür entdeckte Peter am Horizont etwas anderes: eine Front von dicken, schwarzen Wolken. Ein Gewitter zog auf!

Wolkenbruch

»Das ist unverantwortlich!«, schrie der Rettungshelfer in der gelben Weste. »Wie alt ist Ihr Sohn? Siebzehn? Achtzehn? Er ist noch ein halbes Kind! Was der da oben für Schaden anrichten kann!«
»Haben Sie denn eine bessere Lösung?«, wandte Jeanne verärgert ein. Sie stand noch immer neben dem Hubschrauber. Ihr Gesicht war blass. Aber sie ließ sich nicht von ihrem Kollegen einschüchtern. Unterdessen war ein Mechaniker eingetroffen, der den Motor überprüfte.
»Sagen Sie Ihrem Sohn, dass er da abhauen soll!«
»Das werde ich nicht tun«, fauchte Jeanne. »Die Bergsteigerin hätte jeden Augenblick abstürzen können. Und der ach so tolle Superhubschrauber aus Wawona ist jedenfalls noch nicht hier!«
»Nun hören Sie aber auf. Der Pilot kann sich schließlich nicht herbeamen. Dafür hat man mir garantiert, dass die komplette Ausrüstung für eine Bergrettung an Bord wäre. Und eine Einsatzkraft, die sich um die Bergung der Frau kümmern kann.«
Justus und Bob wandten sich von den streitenden Erwachsenen ab. Sie setzten sich auf einen der niedrigen Holzzäune, die die Wiese umgaben.
Von dort aus hatten sie den Half Dome genau im Blick. Auch sahen sie die Helfer, die unruhig auf und ab gingen, Mr Andrews, der Fotos machte, und den Mann von der Washington Post, der mit einem Diktiergerät jemanden interviewte.
»Ich hoffe, Peter und Randy sind da oben nicht in Gefahr!« Justus deutete zum Berg hinauf, wo er drei dunkle Punkte an der Steilwand ausmachen konnte. Der Mann mit dem Fern-

glas hatte ihnen bestätigt, dass es Peter und Randy waren, die der Frau zu Hilfe gekommen waren. »Ich bin normalerweise ja nicht gerade überängstlich, aber jetzt muss ich immer an die Geschichte von Randys Vater denken. Was ist, wenn Peter abstürzt?«

»Er wird sich gut gesichert haben. Solange kein Unwetter aufzieht, kann nichts passieren.«

»Na hoffentlich. Ich weiß schon, warum ich Kletterpartien aller Art meide!«

Bob starrte zu dem rot-weißen Helikopter, der nun nutzlos auf der Wiese stand. »Es ist so merkwürdig.«

»Was denn?«

»Weißt du, vorhin, als ich am Computer saß, habe ich nicht nur nach dem Alexander Louis von der Waffenfirma gesucht, sondern auch nach dem anderen Mr Louis. Ich wollte mir sicher sein, dass wir den richtigen Mann verdächtigen.«

»Und, was hast du herausgefunden?«, fragte Justus.

»Der zweite Alexander Louis arbeitet als Manager für TraxComp. Und weißt du auch, was die Firma herstellt?«

Justus schüttelte den Kopf. »Ich habe den Namen bis gestern noch nie gehört.«

Bob sah seinen Freund triumphierend an. »Es handelt sich um ein Werk für Hubschrauber: Spezial-Helikopter für militärische Einsätze, Rettungsaktionen und Feuerbekämpfung.«

Justus stutze. »Dann ist TraxComp die Firma, die morgen ihren neuen Rettungshubschrauber in Wawona vorstellen will?«

»Wie immer liegst du richtig. Genau die!«

Das Heulen des Windes glich einem Jammern. Die Luft wurde langsam drückend, das Licht verfärbte sich zu einem unwirklichen Gelb. Das Unwetter kündigte sich deutlich an.

Auch Randy hatte den Wetterwechsel bemerkt. Er machte Peter ein besorgtes Zeichen. Nur Miss Georgianis, die sich noch immer an den Fels klammerte, bekam alles zum Glück nicht mit. Die Information, dass nun auch noch ein Gewitter aufzog, hätte sie vermutlich vollkommen in Panik versetzt.
»Wir müssen hoch, zurück auf den Gipfel«, sagte Randy so ruhig wie möglich. »Und zwar schnell. Und dann müssen wir unverzüglich über die Drahtseile absteigen. Die Strecke ist steil, aber nicht lang.«
Peter erinnerte sich an das, was Randy ihm auf dem Weg erzählt hatte: Der Weg über die Drahtseile war bei Regen lebensgefährlich. Der feuchte Stein wurde zu einer rutschigen Piste. Und bei Gewitter waren die Drahtseile ein tödlicher Blitzableiter. Aber kein anderer Weg führte schneller auf die sanft abfallende Rückseite des Berges, wo man unter Felsvorsprüngen Schutz vor dem Wetter suchen konnte.
»Miss Georgianis!« Randy berührte die Frau sachte an der Schulter. »Wir müssen klettern!«
»Ich warte auf den Hubschrauber!«, sagte die Frau bloß.
»Der kommt auch ganz bestimmt, aber jetzt müssen Sie trotzdem aufsteigen.«
»Ich kann nicht!«
»Und jetzt?«, fragte Peter mit unterdrückter Besorgnis. »Wir müssen hier weg!«
Randy nickte. »Wir gehen wieder hoch und ziehen sie dann vom Gipfel aus rauf.«
»Wie soll das ohne Seilwinde gehen? Außerdem muss sie um den Schlot herum – oder durch!«
»Ich warte auf den Hubschrauber!«, wiederholte Miss Georgianis. »Ich bewege mich nicht vom Fleck!«
»Schön!«, sagte Randy ärgerlich. »Dann warten Sie auf Ihren Hubschrauber! Aber dann müssen Sie auch mit dem Gewitter

klarkommen, das gerade ziemlich schnell auf uns zukommt! Und Sie geben hier eine ganz tolle Zielscheibe für Blitze ab!«

»Was?« Die Gesichtszüge der Frau änderten sich schlagartig. Prüfend blickte sie zum westlichen Horizont, wo sich die Wolkenberge auftürmten. »Verdammt!«

»Das können Sie laut sagen«, meinte Peter.

»Klettert ein Stück nach oben, dann schwinge ich zur Seite«, sagte Miss Georgianis erstaunlich ruhig. »Ich klettere hinter euch hoch. Wenn ich es nicht schaffe, könnt ihr mir dann von oben aus helfen.«

»Das ist ein guter Plan«, fand Randy. »Und leider auch der einzige, den wir haben.«

»Dann los!« Miss Georgianis nickte zuerst Randy, dann Peter zu. »Hoch mit euch!«

Peter hatte keine Zeit, um Miss Georgianis' plötzlichen Stimmungswechsel zu analysieren. Mit klopfendem Herzen kämpfte er sich Meter für Meter nach oben. Er hörte, wie sich Miss Georgianis unter ihm vom Fels abstieß. Sie musste sich nach links bewegen, um den Schlot zu umgehen, durfte dabei aber nicht zu weit schwingen, um nicht gegen Felsvorsprünge zu prallen.

»Bleiben Sie ruhig!«, rief Randy der Frau zu. »Auf keinen Fall hastig klettern! Konzentrieren Sie sich!«

»Das gilt auch für mich!«, murmelte Peter, der gerade einen Zahn zugelegt hatte. Das Seil schnitt tief in seine Hände, die noch vom Aufstieg über den Snake Dike wund waren. Ihm fehlte die Hornhaut an den passenden Stellen.

Ein Windstoß fuhr ihm durch die Haare. Die Luft fühlte sich mittlerweile an, als wäre sie elektrisch aufgeladen. Wie würde es dann erst sein, wenn sie den Gipfel erreicht hatten?

»Alles klar?«, brüllte Randy.

»Bei mir schon«, gab Peter zurück.

»Ja, nun steigt schon weiter!«, rief Miss Georgianis ungeduldig von unten hoch.
Endlich schob sich Peter über die Kante auf die flache Oberseite des Half Dome. Seine Hände pochten, genau wie sein Herz. Es schlug ihm bis zum Hals. In seinen Ohren rauschte es.
»Hilf mir!« Randy lag flach auf dem Boden und spähte hinunter in die Tiefe. »Ich kann sie gleich erreichen!«
Peter robbte zu ihm hinüber und sah ebenfalls hinunter. Die Frau war nur noch eine Armlänge vom Gipfel entfernt. Randy reichte ihr die Hand. »Kommen Sie!«
Mit vereinten Kräften zogen die Jungen Miss Georgianis über die Kante. Sie schnaufte. »Danke.«
»Können Sie noch laufen?«, fragte Randy.
»Ja, es geht schon.« Erstaunlicherweise rappelte sich Miss Georgianis auf und machte ein paar Schritte, die keineswegs unsicher wirkten.
»Dann lassen Sie uns schnell den Gipfel verlassen.«
Randy eilte zu der Stelle, wo die Drahtseile angebracht waren. In einem Abstand von zwei Armlängen liefen zwei Drähte den Berg abwärts, die alle paar Meter von Eisenstäben gehalten wurden. An diesen Stäben gab es jeweils eine schmale Holzleiste als Trittbrett. Die Drahtseile schwangen im stärker werdenden Wind hin und her. Ein unheimlicher, singender Ton ging von ihnen aus.
»Ach, du liebe Zeit!« Peter sah entgeistert auf den Abstieg. »Und da gehen wirklich Touristen mit Badelatschen hoch und runter? Und Kinder? Und ältere Leute? Das ist ja steiler als eine Achterbahnfahrt!«
»Kaum zu glauben, aber wahr.« Randy nahm eine kurze Schlinge mit einem Karabiner vom Gürtel. »Klinkt euch ein. Jeder Sturz kann hier tödlich enden.«

Peter überlegte gerade, ob er lieber abstürzen oder vom Blitz getroffen werden wollte, als er zwei Geräusche auf einmal hörte. Das erste war das dumpfe Grollen des Donners. Das zweite war das Knattern eines Hubschraubers. Vor den dunklen Wolkenbergen hoben sich die Umrisse eines schwarzen Helikopters ab.

Betrug am Berg

Unter dem Applaus von Rettungskräften, Journalisten und Zuschauern landete der schwarze Helikopter auf der Wiese bei Happy Isles. Noch bevor die Kufen das Gras berührten, setzte der Regen ein. Große, schwere Tropfen prasselten auf die Erde. Ein Blitz zuckte über den Himmel, der sich innerhalb von wenigen Minuten von einem intensiven Schwefelgelb zu einem düsteren, fast schon violetten Grau gefärbt hatte. Der Donner folgte ohne Verzögerung. Das Gewitter war direkt über ihnen!

Die Tür des Hubschraubers wurde aufgeschoben. Ein Mann im schwarzen Overall half Miss Georgianis beim Aussteigen. Kurz darauf kletterten auch Randy und Peter aus dem Helikopter. Sie sahen müde, aber glücklich aus. Keiner achtete auf den Regen, der sie alle bis auf die Haut durchnässte.

»Randy!« Jeanne stürzte zu ihrem Sohn und drückte ihn an sich. »Oh, Randy!«

»Würdest du mir für ein Interview zur Verfügung stehen?«, fragte der Journalist von der Washington Post.

»Unerhört!«, ereiferte sich Mr Andrews. »Sie sehen doch, dass sich die Jungen erst einmal ausruhen müssen!« Dann fügte er noch hinzu: »Außerdem habe ich bereits die Exklusivrechte an der Geschichte!«

»Mr Andrews, ich müsste kurz in Ruhe mit Jeanne und dann mit Peter und Randy reden«, sagte Justus, der zum Hubschrauber getreten war. »Ich hoffe, das ist Ihnen recht.«

»Ja, natürlich. Aber nicht zu lange! Ihr erkältet euch sonst noch. Und was soll ich dann euren Eltern, Onkeln und Tanten sagen? Dass ihr erst angeschossen wurdet, dann ganz knapp an einer Steilwand einem Gewitter entkommen seid

und euch nach der Rettung eine Lungenentzündung geholt habt? Na, besten Dank!«
»Meine Tante wird Sie schon nicht mit der Nudelrolle über den Schrottplatz jagen, Sir.« Justus setzte sich in Bewegung. »Wobei, wenn ich es recht bedenke …«
»Was ist denn?«, fragte Jeanne, die Randy endlich wieder losgelassen hatte.
»Sie sagten, dass der Motor Probleme gemacht hätte. Kommt das öfter vor?«
Jeanne schüttelte den Kopf. »Nein, wir lassen die Hubschrauber regelmäßig warten.«
»Dann können wir Sabotage nicht ausschließen?«
Sie sah ihn verdutzt an. »Warum sollte man uns sabotieren? Außerdem hätte sich der Saboteur sehr gut mit Hubschraubern auskennen müssen. Das ist ja kein Auto, bei dem man mal eben ein paar Kabel herausziehen kann.«
»Das hilft mir schon weiter«, sagte Justus zufrieden. Er wandte sich an seine Freunde. »Los, kommt mit!«
Jeanne sah ihnen sprachlos nach, als sie eilig das Bushäuschen »Happy Isles« ansteuerten, unter dem man trocken stehen konnte.
»Das war vielleicht eine Aktion!«, sagte Randy.
»Total irre und ziemlich lebensgefährlich«, gab Peter zu. »Aber was gibt es so Wichtiges zu bereden?«
»Bob und ich haben während eurer Klettertour einiges herausgefunden.« Der Erste Detektiv berichtete, was Bob und er am Computer recherchiert hatten. Ihre Erlebnisse im Keller der Wilderer-Hütte sparte er aus. Dafür war auch später noch Zeit.
»Du meinst, die Hubschrauberfirma hat das alles inszeniert?«, fragte Randy entsetzt, als Justus fertig war. »Auch die Blutflecken im Wald und die Schüsse?«

»Nein, das hat damit nichts zu tun.« Justus sah sich suchend um, bis sein Blick an Mr Louis hängen blieb, der dem Treiben aufmerksam zusah. Er hatte sich einen Schirm organisiert und stand auf der anderen Straßenseite. »Ich habe diesen Mann dort beim Telefonieren belauscht und zunächst falsche Schlüsse gezogen. Aber nun ergibt alles Sinn: Er plante eine gewaltige Show, die ein Produkt seiner Firma im perfekten Augenblick ins richtige Licht setzen sollte.«
»Den schwarzen Hubschrauber?«
»Genau. Die zahlreichen Unfälle in den Nationalparks waren schon in den letzten Jahren ein Thema, das von der Regierung Entscheidungen verlangte. Gefährliche Stellen wurden abgesichert, bestimmte Routen gesperrt. So kann man beispielsweise nicht mehr ohne Genehmigung auf den Half Dome steigen. Aber das war nicht genug. Es gab den Wunsch, überall die bestehenden Rettungsteams durch Experten mit Spezialhubschraubern zu unterstützen.«
»Was das Budget des National Park Service jedoch übersteigen würde«, fügte Bob hinzu. »Daher wurde bislang keine Entscheidung getroffen.«
Justus nickte eifrig. »Um den Nutzen der Spezialeinheiten zu testen, soll es ein Pilotprojekt mit einem Hubschrauber und einem Team geben – und zwar hier im Yosemite National Park.«
»Wenn sich das Ganze bewährt, kann die Firma auf den Auftrag hoffen, sämtliche Nationalparks der USA mit Hubschraubern auszustatten. Das wiederum ist bei über fünfzig Parks wohl fast ein Milliardenprojekt.«
Peter seufzte. »Ehrlich gesagt, bin ich schon ausgestiegen, als ihr von der Regierung geredet habt. Wer macht da jetzt was? Ich bin wohl zu müde, um das zu kapieren.«
Justus deutete auf den schwarzen Helikopter. »TraxComp

wollte heute einen glanzvollen Rettungseinsatz aufziehen – kurz vor dem Start des Pilotprogramms und direkt vor den Augen der Presse. Für Außenstehende mag das wie ein Zufall aussehen, aber wir wissen, dass die Firma das geplant hat. Das Telefongespräch von Mr Louis ist ein sicherer Beweis. Auffällig war auch, dass er es war, der Miss Georgianis entdeckte und der die Sprache auf den Hubschrauber in Wawona brachte. Schön deutlich im Beisein von zwei Journalisten!«

»Wir vermuten, dass seine Leute das Feuer im Norden des Parks gelegt haben und dass er selbst den Hubschrauber von Jeanne sabotiert hat«, erklärte Bob. »Die nötige Fachkenntnis dürfte er besitzen.«

»Miss Georgianis sollte ihn verklagen! Durch seinen verrückten Plan ist sie fast ums Leben gekommen!«, sagte Randy wütend. »Und wir gleich mit dazu!«

»Aber mit ihr stimmte auch etwas nicht!« Peter kämpfte gegen die Müdigkeit an und versuchte, die Bilder in seinem Kopf zu ordnen. »Weißt du, wie entschlossen sie plötzlich war, als sie von dem Unwetter hörte.«

»Klar, so einen Gemütswandel erlebt man nicht alle Tage«, gab Randy zu.

»Sie wollte, dass wir vorklettern.«

»Ja, und?«

»Ich glaube, sie war gesichert«, meinte Peter. »Und sie wollte nicht, dass wir das bemerken. Deshalb hat sie sich auch so fest an den Fels gepresst. Und deshalb musstest du sie auch hinten am Gurt sichern. Vorne war sie ja schon eingeklinkt!«

»Das kann nicht sein«, wandte Randy ein. »Ihr Seil hing mehrere Meter weiter!«

»Sie muss sich mit einem Bolzen direkt am Fels verankert haben«, überlegte Peter. »Als wir über ihr waren, hat sie sich ausgeklinkt und ist uns hinterhergeklettert.«

Randy stutzte. »Und das erstaunlich schnell und sicher für eine angebliche Anfängerin!«
»Das passt ins Bild«, bestätigte Justus. »Ihre Notsituation kam etwas zu passend, um ein Zufall zu sein. Mr Louis hat sie vermutlich engagiert, um eine dramatische Szene hinzulegen. Sie sollte die unerfahrene Touristin spielen, die in Gefahr gerät, und sich von seinem Einsatzteam retten lassen. Euer Eingreifen war natürlich nicht eingeplant und hätte beinahe die ganze Aktion vermasselt.«
»Doch das Gewitter war ebenso wenig eingeplant«, bemerkte Bob. »Dadurch hat sich Miss Georgianis dann auch verraten. Als sie wirklich in Gefahr geriet, konnte sie nicht länger die hilflose Frau spielen, sondern musste handeln.«
»Fall gelöst«, sagte Peter. Dann gähnte er.
»Noch nicht ganz.« Justus seufzte. »Jetzt gilt es, die Übeltäter auch zu überführen. Wäre einer von euch so nett, Mr Louis zu holen? Wir gesellen uns so lange mal zu unserer Bergsteigerin.«

Miss Georgianis saß zitternd und in eine Decke gehüllt auf einem Stuhl. Immerhin war sie schon fit genug, um Mr Andrews und dem Mann von der Washington Post ein Interview zu geben.
»Es war schrecklich! Wir wären in dem Gewitter umgekommen, wenn uns der Hubschrauber nicht gerettet hätte.«
»Ein überdurchschnittlich glücklicher Zufall«, sagte Justus trocken.
»Was?« Sie sah auf.
»Sie brauchen sich nicht weiter zu verstellen«, wagte sich Justus vor. Jetzt galt es, gekonnt zu pokern. »Wir konnten ein Telefongespräch von Mr Louis mit der TraxComp Corporation mitschneiden. Darin hat er den Plan genau erklärt. Sie

sind eine erfahrene Bergsteigerin. Und Sie waren da oben durchaus gesichert, was meine Freunde bezeugen können.«

Natürlich hatte Justus keine hieb- und stichfesten Beweise, aber das konnte Miss Georgianis ja nicht wissen. Erschrocken sah sie zu ihm auf.

»Wenn Sie gegen Louis und die TraxComp aussagen, bekommen Sie sicherlich mildernde Umstände!«

»Ja?«, fragte sie leise.

»Davon gehe ich aus.«

»Was sagen Sie dazu?« Der Mann von der Washington Post streckte gierig sein Aufnahmegerät vor, um auch ja kein Wort zu verpassen.

Sie zögerte. »Ich habe nichts getan. Ich meine, ich habe mich nur abgeseilt.«

Justus lachte spöttisch. »Und Sie haben ein hübsches Drama hingelegt.«

»Ja, schon«, antwortete sie nervös. »Aber damit habe ich doch nichts Schlimmes angerichtet. Es ist doch alles gut ausgegangen. Niemand ist zu Schaden gekommen …« Sie hielt mitten im Satz inne. »Wieso erzähle ich dir das eigentlich alles! Ich sage kein Wort mehr. Jedenfalls nicht ohne meinen Anwalt.«

»Das brauchen Sie auch nicht. Da kommt schon mein Freund und Kollege Bob Andrews mit Ihrem Auftraggeber.«

»Was soll ich hier?«, fragte Mr Louis barsch, als er zur Gruppe trat.

Justus blieb gelassen. »Miss Georgianis hat uns soeben vor Zeugen gestanden, dass Sie sie beauftragt haben, den Unfall zu inszenieren.«

»Was für ein Blödsinn!«, donnerte der Mann. »Weswegen sollte ich das tun?«

»Sie arbeiten für die Hubschrauberindustrie. Genauer gesagt, für die TraxComp Corporation, Mr Louis. Gestern um 17:35

Uhr haben Sie ein Telefongespräch mit Ihrer Firma geführt, in dem Sie sich zu Ihren Plänen äußerten. Leugnen ist zwecklos. Sie haben den Rettungshubschrauber sabotiert und Feuer im Norden des Parks legen lassen. Und dann haben Sie uns auf den Unfall aufmerksam gemacht.«

Mr Louis wurde blass, sagte jedoch kein Wort.

»Es wird ganz sicher eine Untersuchung geben, Sir«, sagte Justus. »Und eines kann ich Ihnen jetzt schon sagen: Sie und Ihre Firma werden dabei nicht gut wegkommen!«

»Schade«, meinte Bob. »Für die Parks wären die zusätzlichen Rettungshubschrauber sicherlich gut gewesen.«

Mr Louis starrte noch immer verbittert ins Leere, als die Leute von der Park Police in ihrem Dienstwagen vorfuhren und ihn und Miss Georgianis baten mitzukommen. »Kaum zu glauben!«, meinte der Mann von der Washington Post. »Da inszenieren die so ein Manöver, nur um mit ihrem Hubschrauber in die großen Zeitungen zu kommen.«

Bob nickte. »Mr Louis wusste eben um die Macht der Presse. Zeitungsartikel können die öffentliche Meinung erheblich beeinflussen. Gerade bei einem Projekt, das so auf der Kippe steht.«

»Aber er hat nicht mit uns gerechnet! Auch wenn die Indizienlage etwas dünn war: Gut geblufft ist halb ermittelt«, stellte Justus zufrieden fest. Dann wandte er sich an Peter und Randy: »Wir haben übrigens auch den Fall mit den Blutflecken im Wald gelöst!«

Peter, der kurz zuvor beinahe im Sitzen eingenickt wäre, sah auf. »Was habt ihr? Seid ihr verrückt? Ihr könnt doch nicht ohne mich arbeiten.«

»Du warst ja vollauf mit deiner Bergrettung beschäftigt«, gab Justus zurück. »Wir haben uns solange um Ranger Thornton und die riesigen Brüder gekümmert.«

»Dann hatte Thornton also doch etwas damit zu tun!«, knurrte Randy.
»Und ausgerechnet ihn haben wir nach dem Wetter gefragt!« Peter schlug sich mit der flachen Hand an den Kopf.
»Ich glaube nicht, dass er euch umbringen wollte«, gab Justus zurück. »Wahrscheinlicher ist, dass er bei all seinen verbrecherischen Tätigkeiten keine Zeit gehabt hatte, um den Wetterbericht abzufragen, und euch einfach gesagt hat, was in der Zeitung stand.«
»Auch dafür würde ich ihm gerne einen Tritt in seinen Allerwertesten geben!« Randy ballte die Fäuste.
»Vor Gericht werden die ihm schon ordentlich einheizen. Auf Wilderei steht Gefängnis. Erst recht bei bedrohten Tierarten! Und dann kommen in diesem Fall ja noch eine Reihe weiterer Delikte dazu.« Justus sah Jeanne und Mr Andrews entgegen, die zu ihnen traten.
»Die YOSARs im Nordpark haben eben gefunkt, dass das Feuer unter Kontrolle ist. Die Pfadfinder konnten alle gerettet werden und befinden sich nun auf dem Weg nach Mono Lake. Es gibt nur zwei Verletzte und das sind anscheinend die Brandstifter selbst.«
»Und die Pfadfinder?«
»Das sagte ich doch: Sie sind unverletzt.«
»Das meine ich nicht«, wandte Peter ein. »Bleiben sie noch eine weitere Nacht hier im Valley?«
»Nein, wieso?«, fragte Jeanne verwundert.
Peter grinste. »Die Wilderer sind gefasst, unser Abenteuer am Half Dome ist bestanden. Und heute Nacht wird mich kein einziges blödes Schiff von meinem verdienten Schlaf abhalten!«